開卷有益
書坊

新月故人

唐吟方 著

文匯 出版社

"雀巢主人"唐吟方（代序）

刘涛

唐吟方的画室我去过几次，三十多平方米，在顶层，朝北的一排窗户对着圆明园正门，是个眺望风景的好地方。

他住的小区位于海淀老镇成府路的北端，西边是北京大学、东面是清华大学，皆一箭之遥，吟方取了一个"清燕堂"的室名。"燕"明指燕京大学，暗指北京大学。现在北京大学所在地乃燕京大学的旧址，二十世纪五十年代初高校院系调整，撤销美国教会办的燕京大学，把城里的国立北京大学搬来了，可谓雀占鸠巢。"燕"在安闲休息的意思上通"宴"，而"宴"可以写作"晏"，所以这室名后来改成了"清晏堂"。说来也巧，吟方从中央美院毕业后在《文物》杂志做古代书画栏目的编辑，办公地点就是老北大的红楼。

吟方一九九九年才拥有"清晏堂"。此前，他还用过一个"雀巢"的斋号，书画署款"雀巢主人"。因了"雀巢"二字，同事间有人以为唐吟方有嗜饮咖啡的洋化倾向，称他为"麦氏唐"。其实吟方的生活习惯很传统，饮食恬淡，洋饮料一律不喝。记得他以前来我家还愿意喝

I

茶，现在只需一盏白开水。二〇〇一年他到欧洲游历一圈，从拍回的照片看，他还是那身随便的穿着。他与朋友到日本、香港地区办书画展，出于礼貌才在瘦削的身上套一件深色的西服，好像架在身上。关于"雀巢"的由来，唐吟方写过一段文字："近年作画，最爱画鸟，家中所存画卷及鸟者甚多。……友人纪红兄以吾作画多鸟，打趣称吾画室为'雀巢'，遂因之。"

工作之后的一段时光，他时而住在老美院十二楼浙江老乡吴敢的宿舍里，时而住在文物出版社分给他的那间集体宿舍里，时而出差外地顺道回海宁看望父母。唐吟方说他看中"雀"与"巢"二字的组合，含有理想的成分。按我的解读，"雀"是比喻居无定所的飞来飞去，"巢"是希望有个属于自己的"家"。他终于在北京安了"巢"，"雀"依然出现在画面上，是他常画的一种题材。那雀多是简笔为之，可谓吟方画中的一种图式符号。他的"雀"常常歇于浓荫之下，其状惷厚，似乎寓意某种生存的状态。一次，老辈画家廖冰兄先生看到了，戏称他"唐风眠"。吟方画面上的"雀"，有时一只，有时两只，最多三只，好像还是与"巢"有关，尽管"巢"是不用画出来的。

唐吟方擅长散文小品，报章杂志上时有发表，颇得读者好评。他历年所积的掌故文字，大多未发表，热心的朋友羊晓君、张建仑先后为之印行了两版，唐吟方将这本集子名为《雀巢语屑》，送与四方好友。"雀巢"成为书名之后，在吟方那里又多了一层意思："这些专谈掌故的文字，是我在各种'雀巢'里啾啾啁啁发出的鸣叫声。"

唐吟方的文章，是理性的通达与人情的体恤浑然一体的那一类，有文有笔有思致，而且善于用简洁的白描手法造境。《雀巢语屑》不只是记人记事，在他"啾啾唧唧发出的鸣叫声"里，也有品评的质言：

　　吴作人字温而雅，墨显而笔隐。黄永玉字有骚人气。黄苗子字，才思过人而衰气略欠。赵朴初字具庙堂气，其体似东坡，题匾最宜。以画法营字，当推李可染，苦心孤诣。王学仲字有才无体。启功字如逊位皇族，有典型而精神漓散，题跋小字为佳，大字空瘦不称。王畅安字爽畅自适，中正平和，有丈夫气。徐邦达字有佳人相，临风生怯。董寿平以画家之身作书，其字甚得古法。

　　这样的文风，大有《世说新语》那种简约通脱的遗韵。年初，我得到浙江古籍出版社出版的《雀巢语屑》，这一版，文博界人士尊敬的老前辈朱家溍先生题写书名，古典文学专家吴湛垒先生为之序引，两位都是浙籍学者。这一版还配上大量图片，许多是难得一见的书迹。如杨绛临褚遂良《雁塔圣教序》的日课（上有钱锺书先生用笔帽代笔钤的圈）；启功先生"作香烟缭绕之状"的飞白书；蓝玉崧先生师大附中时代的字（写于一九四一年，其同学史树青所藏）。最近两年被一些中年书家拉进"流行书风"行列的韩羽先生，书中也有一幅字迹，有些笔画接近中央美院雕塑家钱绍武。

　　我与唐吟方交往已有十余年了，觉得他有点让我说不明白的个性，权且称之为各色吧。在我看来，唐吟方的各色是自信和固执的结合体。他有自己的观察方式，常有独具只眼的观察分析，而且事后常被应验，这就支持了他的自信，也加强了他的固执。但是，当他用文字表达自己的看法时，多取克制的态度，含而不露，文质彬彬点到为止。在《雀巢语屑》中，他对于自己内心景从的老前辈，不作溢美之辞；那些为众人诟病甚至痛恶者，他并不因人废字。所以我们能在《语屑》里看到康生一九五九到一九七八年之间四次为《文物》杂志所题刊名。他说："写这些当代掌故，也是为了保存一些不为人们注意的真相；许多细节比那些大的叙事更接近本人。"

　　唐吟方好读书，好看展览，好收藏，也好交游。他中学时代作画得到嘉兴名士沈红茶先生的嘉许之后，就与老辈人物结下因缘。在浙江，他接触的前辈多是书画篆刻家。一九八八年负笈北京，毕业后又长期在北京文物系统做编辑工作，采访，约稿，看展览，还有饭局的应酬等，有更多的机缘与专家学者交往，艺林见闻更广。李一氓、钱锺书两位先生生前用过的印章，他都一一看过。在老辈那里，尽管往事如烟不堪回首，偶有所及，隔代的年轻人听来却是在在新鲜。老人是一本书，他们的沧桑，后学晚辈抚今思昔一想，比读史书更容易生发历史感。吟方有文心，对前辈的过去总是抱一种求知的好奇，一种人性的同情，而且默识于心，笔记于册。老辈所谈的画理，示范的笔墨技法，还有那一封封鼓励、提携、引荐的信函，赠送的书画，都在传达人间的暖意，成为吟方的生活经历，又在他那里转化为精神的方舟。我想，吟方作画徜徉在南方竹林、吴越山水、古代人物之间，固然受了浓浓乡情的牵连，笔墨里分明也有魂牵梦绕的绵绵眷念。

已过不惑之年的唐吟方，业余时间不是读书就是写字画画，最近他喜欢画简笔人物，束发，宽袍大袖，若汉画晋壁画中的形象。他特别欣赏古人用笔的气韵，认为好的写意画可以当书法欣赏。他喜好流荡的笔势和优雅的笔致，结构放到次要地位，所以他的字有些怪。我曾建议他注意结构的擒纵关系，不妨临临帖，定一定间架，或许会有改观。而他还是我行我素，继续写他那笔文人字。

（原载《书法报》二〇〇四年四月

二十六日《兰亭》副刊）

目 录

001　名流写字

006　梅笺琐记

010　买书不读

015　说用墨

018　书画纸

022　与砚种种

025　印印

029　有光纸

032　房山石

036　买字画

039　毛笔

044　书话二题

050　只为喜欢买书

055　敬希免赐修改

065　仰山楼翻书题记钞

077　五道口的餐馆和书店

084　写字的兴趣

　　　——吴小如学书自述

089　钱锺书的自用印

091　上海书坛那个"采露"的人

097　"书生""草圣"之间

　　　——《林散之年谱》读后

103　齐白石父子的"工虫"

108　卖字先生唐驼

115　足下能许颉颃汉人否

　　　——徐生翁致沈红茶书简

128　钱君匋与李凌四札

135　三位善写颜字的高级干部

138　历下二老

143　闲闲笔墨

　　　——沈从文一幅写于新中国成立前夕的章草

146　世纪一挥手

151　吾道以文章相传

　　　——记我认识的两位海宁籍艺坛前辈

156　记两位杭州国立艺专毕业生：吴野夫和王嘉品

162 章汝奭先生：时代潮流中的"退守"者

167 佛魔"同体"的章祖安先生

172 漫说吉舟居士——石开

176 "现代性"的邱振中

181 "注释"王冬龄

192 关于傅其伦

　　——致范笑我

196 钱君匋的藏印

200 潘伯鹰的《中国书法简论》

204 半个印人

207 风景忆当年

211 家近真武庙

217 永远的王世襄

221 燃犀法眼

　　——怀念徐邦达先生

226 我所知道的朱家溍先生

232 好东西，收着
　　——回忆史树青先生

238 别去烟云瞬息
　　——一些吴藕汀先生的零星记忆

249 待月山房后人晚年的艺术与生活
　　——抄读忆明珠先生的信札

260 姑苏的两位书法状元：瓦翁和沙曼翁

267 烟雨簃里一匋翁
　　——记许明农先生

271 孙正和先生二三事

275 粪翁弟子单晓天

279 望江国渺何处
　　——纪怀江蔚云先生

名流写字

　　说到写字，常常想起我接触过的那些前辈名流。因为喜欢书画，不免因为翰墨的缘故和他们有些交往，也目击他们写字的种种情状。有些前辈欢喜对客挥毫，有些则是书房作家，必须躲在家里，一个人安安静静没有干扰，才能从容握管。他们的写字和他们的性格一样，风采各异。

　　已故的鉴定家杨仁恺是有名的书法家，改革开放后全国第一届书法展在辽宁展出，杨仁恺就是参展的经手人。关于他的字，有人评说虽则大度豪放，但也有粗放的一面。在他生前，凡是认识他的人，有机会向他求字，只要开口，大多会得到满足，可以说是有求必应。记得北京荣宝斋曾办过一个当代学人书法展，杨仁恺是选入的其中一家，展出的近二十张大小不等的作品，就是一次性完成的。当时杨先生年近九旬，展览主办者有所请，老人家爽气地答应了，并当场挥毫。这其中有金笺、花笺、熟纸、生纸等各种性状不一的纸品，由杨先生写来，无不如意，这固然是他精力充沛的表现，也无妨看成是他豪健性格在写字上的投影。就我经历过的向杨先生求字的二三事，足以证之。有一次我心血来潮寄纸请他写字，寄去的纸叠得皱皱巴巴的，按常理，要熨平了才能写，杨先生不待宣纸完全抚平，落笔就写，满纸枯墨，仿佛秋风后的落叶，苍苍茫茫，但不掩云烟之势。杨先生写字的不拘小节和其豁达大度的书风表露无遗。这种情状，对于一般人来说是难以想象的。杨先生写字不光不择纸笔，其意外之趣也时隐时现，或许这就是由随机应变而引发的机趣，无常理可解释。

　　说到随意，又想起另外一件向杨仁恺先生求字的事来。许多年前，浙江嘉善博物馆要编一本吴镇的画集，转托我向杨先生求一个题签。恰好杨先生当时在北京，我当面提出要求，杨先生当场给写了。不过题字的小纸条，上面有擦拭印章留下的红泥痕迹。我以为这样交账人家会认为没有认真对待。杨先生听完我的话，没有说话，又裁了一片干净的纸另写一条。后来他跟我讲，其实关系不大，制了版看不出来。我知道杨先生对纸墨珍惜有加，而且这也是从民国过来的那辈人都有的习惯。绍兴老书家沈定庵曾跟我讲起：当年鲁迅故居纪念馆请郭沫若题字，郭老接信后随手就把题签写在信壳的背面。后来做成金字招牌，签名还是其他地方移来的。近些年来拍卖盛行，民国时的政要、文化名人写在小纸头上的题签随处可见。杨仁恺见得多了。他这样做，除了性格随意，还能见到民国名流的遗风。可惜我不识趣，惹得杨先生更多作一番交代。

鉴定家、书法家的启功先生，写字则要认真得多。有一次我的朋友请他题一个大厦的名字，他答应了，而且写了，但用了繁体字。当时北京市明文规定，建筑物上的招牌用字必须是简体字，用繁体算不规范，还要罚款。启先生写好后意识到这个问题，又把写成繁体的那个字重新写了一遍。启功的周到细致，让人想到他崇尚的结构中心论，还有黄金分割之类，因为墨迹一旦成了印刷品或做成金字招牌，笔意墨色尽失，可看的只有结构。启先生表现出来的对写字的责任感分明是一个智者的态度，与名士风度无关。

杨宪益以翻译著名，晚年好作打油诗，文字生动俏皮。他不以书名，偶尔兴至写字，名士气十足，字不算好，自有风致。有一阵子我特别迷恋杨先生的打油诗，刚好友人如水兄和杨先生熟识，就请如水带我去见杨先生。晚年的杨宪益不大出门，大多数日子在家陪有病的老妻。我们去拜访杨先生，前脚刚有人走，如水就介绍我是篆刻家，递过印谱。杨先生接过来翻了几页，客气地说刻得漂亮，一边从酒柜里拿出白酒倒在玻璃杯里递过来。我向来不会喝酒，如实相告。杨先生顺手丢过一包曲奇之类的东西，跟我说就着吃就是。而他自己则端着酒杯自酌自饮。一边缓缓谈他认识的书画家，谈他新中国成立前在南京跟朋友合伙开古玩店的事来，真有点酒仙的模样。如水兄提出要求请他在印谱上题诗，杨先生想了想没有作答，问我名字意思。我事先听说他作打油诗不用打稿，信手拈来，便推说父母赐予的名字不知其意。这样做的本意只想一窥杨先生临场打油的妙处，领略当代名士风流。哪想我和他是初见，又没有别的因缘，我的做法，实在有点难为杨先生了。期待中的打油诗终于没有作出来，但他还是应了如水兄和我的请求，为印谱落笔写字："佛头着粪，罪过罪过。"从字和内容看出他当时写字的心境，总算过了命题作文一关，带着歉意。对于好酒的杨宪益先生来说，这不是好差事，不如喝酒谈天来得自在。不过身为名流，这样的事似乎无法避免。不想做，有时不得不做。

朱家溍先生则是另外一种样子。他接受别人的请求，但很少当人面现场写字。我曾听已故的刘志雄先生讲起过朱先生写字的事。说朱先生写一副隶书对子，从拟内容到选纸、叠格诸事最后开笔，往往需要忙乎大半天时间，实在很费些工夫，随侍朱先生写字的人必须有一等好耐性。而沉浸其中的朱先生则怡然自若，捉笔左看右观，前后徘徊，踌躇许久，才矜持落墨。用前人说的"三思乃下笔"来形容朱先生对待写字这种事一点也不为过。朱传荣女士评价其父书法"有练才而无天才"，大概把标准定在朱先生之兄朱家济身上。知道朱先生写字如此缺乏风韵，离想象中的名士风度确实远了点。当然，如果把朱先生这样写字的风仪也纳入其中的话，那么名士风度里应该也有现实中看起来烦琐、观赏性略逊的一种。

王世襄先生晚年在学术上硕果累累，学林称为大家。可能是得到母亲及舅舅的遗传，书法造诣也相当了得。很多人请他题字，他也乐意从命，广结墨缘。二〇〇七年我在炎黄艺术馆举办师友展，"古韵今芬"的展名就是他老人家拟定的。我请他连同展名也题了，开始答应，但声明只写小的，而且只能写在不吸墨的洋纸上，他说用宣纸手颤写不成字。我执意请他在宣纸上写，他推说再等等看，最终在我展览前都没有写出来。而我因为执着，或说少了些对老人写字的同情心，终于与王先生的字失之交臂，现在回想起来追悔莫及。

对于名流写字，人们关心的只是他们名流的身份，好坏还在其次。取中正的固然法脉正宗；任笔为体的，能写出性情的不妨也看成是特色。民国时期的名流大多能写一手可观的毛笔字。也有的名流并不当行，如郁达夫、方地山，还有做过一任故宫博物院院长的易培基，写得一手歪歪斜斜童孩体，因为在别的领域里有影响，尽管字不好，还是有人欣赏甚至赞叹。所谓名流字的魅力，不在字内，而在字外的意味。

前几天跟友人在电话里聊前辈名流的字。谈到老一辈名流里能写好字的数不胜数，如今的名流能拿毛笔写字的已稀若星凤，写几个像样的好字似乎是奢望。王世襄、启功、杨仁恺他们过后，我们哪里再去找这样的名士风流。说罢相互感慨：名流写字的时代真的是过去了。

二〇一三年五月二十七日

梅笺琐记

郑逸梅（一八九五——一九九二）是海内外知名的文史学者，也是熟悉掌故、著作等身的前辈。从一九一三年开始写作生涯，到耄耋之年仍然挥笔不辍，二十世纪八十年代随着他文史随笔的大量出版，成为文坛少数几位高寿又享盛名的多产作家。笔下著述，多以清末民国文林艺苑逸闻为内容，叙述亲切生动，兼具史料性和趣味性，素来为关注近现代文化史的学人称道，也吸引了不少普通读者的兴趣，可称雅俗共赏。

郑逸梅的名人手札收藏也很有名，二〇〇九年至二〇一〇年嘉德古籍部连续几次拍卖他的藏品。笔者有幸欣赏过其中几册，凡其过手的书札，无一例外粘贴得整整齐齐，而且还用毛笔或硬笔注出作者的简介。他的手札收藏，为了写作，为了艺术欣赏，当然亦存有保留历史档案之想，故特别重视书信包含的文史资料。在这种理念下，书札不管名头大小，只要具有史料价值，都不拒绝。这种收藏取向及理念获得偏重文史的书札藏家的重视，追慕者甚至取名"步郑"表达敬意。

郑逸梅毕生与纸笔打交道。一生中不知道用过多少笔与纸，没有考证过像他那样的旧式名士是否有过自己专属的笺纸，不过在一九八四年他九十岁那年，上海的一些朋友出资为他印过一枚"梅笺"，用来纪念他的九十寿辰。这枚"梅笺"因为和郑逸梅有关，盛名在外。也许流传所限，许多人只听说过"梅笺"之名，至于梅笺是什么样的，始终不得其详。二〇〇九年春，笔者获得顾纲小友寄赠的一页"梅笺"后，才见到了闻名已久的"梅笺"的真容。

梅笺为单色胭脂红印，笺面中间印吴待秋绘折枝老梅一本，题为"铁干冰姿松柏性"，左侧楷书题"逸梅老先生九十寿 甲子九秋 刘华庭 袁淡如 黄葆树 汪聪 汤子文 吕学端 同敬祝"。梅笺的印刷质量和用纸都很一般，甚至感觉有点简陋，由于祝寿笺产生于二十世纪八十年代，又与郑逸梅有关，尽管制作得不尽如人意，仍然闻名遐迩。

笺纸上列名者六人。刘华庭原是上海书店内柜部工作人员，后任上海书店出版社编辑，是"中国现代文学史参考资料"丛书的执行编辑，因旧书结识颇多海上文化名人。郑逸梅"文革"后寻找旧书的渠道是上海书店，刘华庭是经手人，故二人的关系不同一般。袁淡如，一九一九年出生，又名袁淼，浙江绍兴人，鲁迅笔下的咸亨酒店是他外公的产业，自幼习画，晚年以书画名世，上海文史馆馆员，是郑逸梅晚年笔墨应酬的代笔人之一。黄葆树（一九一七—二〇〇六），常州人，清代诗人黄仲则六世孙后人，二十世纪八十年代从事黄仲则研究及资料整理工作，出版有《黄仲则研究资料》《黄仲则书法篆刻》等。他还联络文史界、学术界、艺术界知名人士，策划编辑出版过《纪念诗人黄仲则》一书，是那个时代海上活跃的文史作家。汪聪，即汪孝文，安徽歙县人，长期致力于徽州文化研究，与黄宾虹、林散之、陈叔通交往甚密。他与郑逸梅是名人信札收藏上的同志者。吕学端（一九一七—二〇〇三），江苏常州人，书画家，清代画家汤雨生后代，晚年入上海文史馆。吕学端富收藏，梅笺上的吴待秋绘梅就是他提供的。据周退密先生告，"梅笺"上的题名手迹出于吕学端之手。汤子文是吕学端的堂兄弟，常州人，好结交，他不是行内人，喜欢收藏，写得一手不俗的毛笔字。梅笺上的列名者，应该是郑逸梅晚年交游圈里的核心，也大致勾画出与他经常走动的是一些书画家、收藏家及文史作家。这枚笺纸的图画和祝寿对象都与"梅"有关，故艺林称其为"梅笺"。现在，梅笺上列名诸公，除了一两人还在世，大多已羽化登仙，在世者的年龄最小也在八十开外。

刘华庭在《我所认识的郑逸梅先生》一文中，谈道："郑先生九十大寿，他的朋友为他祝寿，大约是魏绍昌出的点子，据说郑先生九月初九生日，我们就凑了九个人在九月初九日九时在九楼为郑先生祝九十大寿。当天他高兴地带孙女有慧出席并合影留念。此事我告诉了《文汇报》记者郑重，他颇感兴趣，一定要我陪他去郑先生家采访。他写的文章已在报上发表。"

笔者曾辗转托人与刘华庭先生取得联系。他告诉我，召集郑逸梅在沪友人，议为郑逸梅先生九十寿制笺并九九宴的都是海上学人魏绍昌，稍后笺事亦由其一手经营操办。刘先生一再强调他虽列名，但并没有经办其事，在此事中仅仅是列名而已。

上海书人陈克希在《旧书鬼闲事》一书中也有述及："一九八四年九月九日正值郑老九十岁生日，于是郑重就与刘华庭在事先安排组织魏绍昌、袁淡如等共九人，出资印制画有梅花的信笺，并在上海宾馆九楼于九时为郑逸梅做寿。此等经过精心策划，充满九的寿辰，还被郑重先生撰文发表在报纸上，一时成为佳话。"与当事人的说法做对比，陈先生的说法存在偏差，但他点出了九九宴的设宴地点在上海宾馆。

按刘华庭的说法，魏绍昌是实际制笺人，但不知为何他本人没有具名，也没有留下痕迹。要不是当事人刘华庭写下文章，没有人知道魏绍昌与梅笺、与九九宴有什么关系。另外，当初组织安排"九九宴"时主事者凑足了九人之数，"梅笺"的列名者为何只有六人？魏绍昌（一九二二—二〇〇〇）是海上文坛活跃而又有执行能力的一位近代文史研究专家，长期任职于上海市作协。据友人蒋炳昌先生赐告，魏绍昌生前著有随笔集，题名《筷下谈》，稿中或有文字谈及此事。此稿魏绍昌生前交沪上某出版社，因出版销路问题，迄今未见付梓。那么要探寻"梅笺"真正的成因，由于没有魏绍昌的文字见证，或许就成为一个永久的谜。

二〇一〇年六月十三日

买书不读

二十世纪八十年代中期，我跟西泠印社的余正老师学印，来去最频繁的地方是杭州。余老师在授业解惑的同时，常劝我多读书。我定期去杭州请余老师批改作业，接受面教，余下来的时间就到位于湖滨的书画社，去看一看有没有新上市的字画印之类的书籍可买。久而久之养成了爱逛书店的习惯。后来余老师的工作地迁到孤山西泠印社原址，印社也设有一个卖书籍及刻印用具的小卖部，照时下的说法，算是一家袖珍的印人创作用品的专卖店。从此我逛书店的地方也随余老师工作处的变动，由杭州湖滨的书画社转到孤山西泠印社的小卖部。我在这两家书店买过不少的印谱书帖，包括由西泠印社出版的一刊一报《西泠艺丛》及《西泠艺报》。

来北京后，我又把在杭州求学时养成的习惯带到了北方。逛书店的经历，约略可以分成两个阶段。

第一个阶段是在中央美院求学时期，实际的情况是刚刚从江南小城来首都，大的空间概念没有建立起来，畏路远，通常就在学校附近书店逛，逛的时候多，真正买的时候少。学校地处王府井繁华地段，四周书店不少，大的如王府井新华书店，老的有东安市场里的旧书店和东单与灯市东口的中国书店，如果肯不惜力走得远一点，沙滩红楼边专卖新书的五四书店也很有名，美术馆东边还有颇有名气的隆福寺旧书店。我一般很少去大书店，嫌人太多，不清静，没有理想中书店的安静氛围。

每回到书店，是在吃完饭后，正巧没事，溜达着就过去了。东安市场的旧书店是离学校最近的书店。这家书店吸引我的地方：旧书部分完全开架，任人翻阅。还有一个特别让我这般穷学生欢心的是，旧书一般都降价。所谓的旧书，是指老版书和从读者手里回收过来的二手书；另有一些是书店做样本而封面已失容颜的新书。我去东安市场旧书店总能在那里遇见美院的同学或老师，大家的体验是：在这里看书比到图书馆方便，不用检索，也不用办任何手续，随到随看。书店的工作人员似乎也明白"今天的看书客就是明天的买书人"的道理，从来不干扰有意来看书的读者。

琉璃厂、海王村偶尔也去转转。相对于抬腿即到的东安市场旧书店来说，到琉璃厂已经算是远征了。而且琉璃厂、海王村这两个地方的书店实在太多，书店的地方又太大，一圈逛下来，没有半天工夫根本不能尽兴。对于随意惯了的我，去琉璃厂得下不小的决心。就记忆所及，那时海王村的旧书非常便宜，品种也多，像二十世纪初出的《缶斋藏印》十来册，标价才五十元（那时的印谱比现在要讲究，印谱多数是打印本，有的虽然不属于打印本，用原印制成锌版打印，还是能从印谱上看出手工的痕迹，比起工业时代的机器印刷，终要胜过一筹）。一些不知名头的印谱，价格还要低。我当时正处在学艺过程中的"求新"时期，不辨是非，一概视旧印谱为"陈言"，自然等闲视之。等我醒悟过来，意识到这些旧印谱的价值，它们的价格飙升直涨，不光价格非我所能承受，甚至连面也难得能见上一回，真是"别时容易相见难"。

第二个阶段是在美院毕业后，自己有了一份工作，有余力稍稍放开手脚过买书瘾。我那时的工作是编一份杂志，不太忙，有时间常骑车到各处的书店转悠，遇到喜欢的书，只要口袋里有钱，就会毫不犹豫掏钱买下来，但书源明显没有初来北京时多。当时北京的书店，对出版三四年还未卖出去的书，采取一些时装店"过季打折"的办法，只是不宣传，由书店自己把握，一般书店的常客都知道这个门道。我没有像前辈那样赶上买古书的好时机，倒是搭上了买打折老版书的班车。二十世纪八十年代中期有些出版社着实出过一些好书，我买过上海书画出版社的《朱屺瞻年谱》《明清流派印谱》，就是同类书籍中的精品，看得出来编者的精心，装帧也是第一流的。

海王村是经常光顾的，尤其是每年春季的旧书市，在那里陆陆续续淘过不少旧书，因为错过的太多，就特别珍惜与旧书相遇的机会。现在想起来，我在海王村的淘书经历是疯狂夹杂着刺激的兴奋。每年例行的海王村春季旧书市，地点在北师大附中南端、今中国书店的二层的露台上。书店工作人员不断把一捆捆旧书放出来，现场尘土飞扬，夹杂着满地散架的旧书纸片。每见新放出来的旧书，淘书客们便以迅雷不及掩耳之势围拢过去争抢，除了眼尖，身手还要好，差不多是个体力与脑子并用的活计。我在那里买过好些清末民初人的自印诗集，还有像张伯驹交游圈中刻印的《春游琐谈》零本，买过罗振玉早年的著述，还买过一些散张旧拓墓志，等等。当时完全是被现场的气氛所感染，并不知道为什么也会这样出手，淘书的心理颇为奇特，只能说有前世的书缘。待书买回来，把玩了一阵子，便束之高阁，从此很少再去碰它们。这是平生经历的最激烈的淘书，与真正意义上的阅读无关，但我对于书的兴味却由此展开并日趋盎然。

二十世纪九十年代中期，盗版书大行其道，大多数是文学畅销书与政治家传记。我买过贾平凹的《废都》。九十年代后期，书店对老版书的态度出现了戏剧性的转变，原先的降价改成了增值，读书人随波逐流，跟着由书店刮起的风潮走。我疯狂地寻找老版书，买书不读，只为满足自己的情趣。一个爱书人以趣味为追求，死缠着老版书消磨时光，不用问就知道是跟不上潮流的"书呆子"。

伴随着二十世纪末的怀旧风潮，我的居室从东城搬到南城，尔后又从南城迁到未名湖畔。围绕着北大一圈都是书店，东边的万圣，南边的风入松，西边的汉学书店，再往南还有海淀图书城。我不大上万圣、风入松、国林风这类书店，积习难改，喜逛旧书店。图书城里的中国书店颇具规模，按图书性质分门别类划出若干家专业书店，我常去的是专卖旧书的那家。在那里居然遇到一些有意思价格又便宜的书，令我开颜。二手书既是人家用过的，不免留有痕迹。好的，仅用钢笔在扉页上题写某年某月某日某某购于某处；有甚者，用赶庙会花五元钱刻的戳子，蘸着走油的印泥到处乱盖，触目惊心，原书持有者可能认为这很风雅，但对图书的接手者来说，无疑太不走运了。最可恨的是，书为你所喜，偏偏又绝版多时，遇到这类情况，爱恨交加，心有不适又不愿意放弃，真是左右为难，最后咬牙买下来，还留那么一点缺憾，算是为好书委曲求全。

今年春天我和妻子返故乡探亲。在嘉兴，我们去拜访八十九岁的老读书人吴藕汀先生，吴先生在湖州的嘉业堂住了整整五十年。看着吴先生会客室兼画室靠墙一排书架，架上摆满了书，妻子问吴先生："那些书您全读过吗?"吴先生脸通红，细声细气回答："常有人来看我，要是会客室连书都没有，不像样，书架上的书是给别人看的，我没有读过。"

买书不读，难道不是一种快乐的境界?

二〇〇一年五月六日

说用墨

　　写字，本来是件很有意思的事情，试想窗明几净，铺开洁白的宣纸，饱蘸墨汁，悠悠地写去，这是何等的雅悦。可是，说到写字，也有一大烦恼，就是事先要磨墨，书兴忽起，索纸挥毫，还要等着磨墨，这是何等的扫兴！等墨磨完，意兴阑珊，兴致早已减去了一半。所以，磨墨写字大概一直是件令现代书家们头痛的事。

　　二十世纪八十年代，书画墨汁问世，对书家们来说，是件大好事，最低限度，解放了劳动力，你突发书兴，不必磨墨，拧开盖墨汁一倒，乘兴濡墨便是。当然，墨汁的流行，也似乎带来一些问题，最明显的，一般的墨汁胶太重，没有磨的墨来得好用；另外，有人担心墨汁写出来的作品保存不了太久，有书画家曾站出来呼吁："为了你的大作流芳百世，请用磨墨。"不过，用墨汁到底太方便了，一旦用上了，便难以割舍。如今大多数书画家已习惯用墨汁写字作画。当年那位大声疾呼使用磨墨的先生，如果到现在他还写字，恐怕也要与"一得阁""曹素功"共进退了。

与我们一水之隔的东邻日本，那里的书家很洒脱。比方说，日本的大部分书家很传统，他们保留着中国古代的旧风，依旧用磨墨写字，但他们遇到的问题和我们一样，磨墨太浪费时间，不经济，怎么办？日本是个资本主义国家，市场决定生产，只要社会上有需求，有人就会提供相应服务。于是，代替人工的机械——磨墨机就应运而生，它的出现既解决了人工磨墨的烦琐劳苦，又保全了一部分书家嗜用磨墨的传统心理，真是两全其美之举。我在中央美院求学时，同班的同学中有一位来自东瀛，她的案头就摆放着一架磨墨机。写到这里，想起我们的前辈里，也有一位书家早就用上了磨墨机，他就是民国时名噪一时的"书招圣手"唐驼，据说因为日常写字的业务太繁忙，每天的用墨量特别大，特制一架磨墨机代替人工。这是中国书家用磨墨机仅有的一例。

今天的中国书家从研磨到用墨汁，似乎跳过了机械时代，一步到达用墨脱离手工研磨的时代。我们在为书家感到庆幸的同时，也不免有点儿怅然，老祖宗发明的写字工具之一砚台，随着"一得阁""曹素功"的登台被更替，退出了实用舞台，成为名存实亡的"样子货"。

墨汁的大行于世，是不争的事实，这符合现代经济学观点。实际上，还有一些书家与时相背。在我相识的朋友中，就有喜欢用宿墨、墨膏及炭黑颜料的。宿墨用剩下的墨渣制成，放的时间一长，会产生一股腐臭味，但是，宿墨的特殊趣味，使一些书家不畏难闻的味道，甘愿为艺术献身。有些书家则是在与带味的宿墨的接触中，训练出抵御异味冲击的耐性和能力。我就有一次经历，大前年去拜访一位写字的朋友，一踏进书斋，一股莫名其妙的异味冲鼻而来，刺激难当。被拜访者则安然自若。我问："好好的斗室，怎么空气那么糟？"友人接过话茬，满不在乎地反诘："是吗？"猜想他已习惯了这种气味，也就不以为然。我巡视再三，发现案头上陈列的瓶瓶罐罐，方才明白，那异味就来自正在培育过程中的宿墨。

被当代书家们推崇的一句名言，叫"艺不厌诈"，如果落实到工具和材料，我想不妨再加一个注脚叫"不择手段"。穷则思变，书理亦然。连磨墨都有机械化工具做辅助了，墨和墨的使用自然不宜再故步自封了。

小时候学写字，父亲还说"松烟""油烟"，也讲"胡开文""曹素功""程怡甫"。往后呢，不用了磨墨、磨墨工具，专用墨汁，这有点像只生一胎的父母，书家们没有了选墨的讲究烦琐与研磨时间的安静与耐性。我们只要知道墨汁的品牌就可以了。是的，从书写工具来讲，真正是删繁就简干脆方便多了。

一九九六年八月二十日

书画纸

大凡书家，总离不开纸，最终要同纸结下不解之缘。还有一些人，写字而外，兼带藏纸、鉴别纸张，这些无非是长期接触积累，慢慢生成的经验、感觉判断与由内而外生发的喜爱。

我最初接触书画纸是在上初中时，父亲的一位演艺界朋友喜欢书画，他常来我家。有一次，碰巧我刚写完大字，在纸边上涂鸦。他问："是不是喜欢画？"我点头。下一回，这位世伯带了纸，用我那管破笔纵涂横抹，成兰花、墨竹各一幅。我看得惊奇，以为这位世伯之所以能画得这般活灵活现，全是用纸的缘故，待其画完，就脱口问："这是什么纸？"回答："元书纸。"

后来，跟沈红茶先生学画，对书画纸由陌生而熟悉，知道书画纸有不少种类，纸中还有生熟之分等。

戊辰年，我考入中央美院，专业是书法篆刻、写字，当然离不开纸。家里当时供养我，主要用来吃饭、买书，剩下的，已不很多，练字就不敢用好纸，用的是最便宜的毛边，有时兴致来了，想写张像样的字，若用毛边或劣纸，像是出去做客还穿敝衣烂衫，不体面。于是就用宣纸，用得最多的是川宣，其次是河北迁安的机制宣，纸质当然比不上安徽的红星，可价廉，愿意用，慢慢就养成一种积习，对这两种纸有了依赖。

先是经济上的原因，大多数情况下，情愿与廉价的川纸、河北纸打交道，后来用惯了，不敢轻易问津好纸，也有心理上的障碍。因为其价昂，怕写坏了，心里因此胆怯，结果愿望常常适得其反；从心理上讲，求好之心，使下笔无法表现出应有的胆气，往往画得六神无主。

可能是这些原因，一九九〇年南通的秦能先生资助我，送了两刀红星牌宣纸，总舍不得用，到如今还没有用完。

有些好心的朋友看到这种情形，劝我不要单用劣纸，尤其是学习阶段，要"舍得出来"，还给我讲述上海某名家授徒，要求学生用好纸的事，据说面对好纸不胆怯，能挥洒自如，艺术也就成了一半。友人的话，我将信将疑，信者，好纸和劣纸感觉岂能一样？疑者，若自忖没有这样的财力购藏好纸，供我挥洒，难道就此改行不成？我当面表示"接受"，过后，还是自行其是，乐在元书和川纸里。

放过十年以上的宣纸，脱去火气，非常好，用它来写字或作画，笔墨特别滋润。有位与我有十几年交情的老先生曾送我一卷陈纸，虽然接受了，但始终未用，怕藏了十年多的旧纸经我手给糟蹋了。

这几年，书家对纸的择用大不一样了，先是流行用各式各样的色纸；尔后，不少书家又不约而同用起黄纸、元书纸来；再往下，就是一部分年轻人往纸上泼墨水，犹不满足，索性效法古董商，做起"古纸"来。如果说书体的变化本身是明的，那么，材料的变化则是暗的。从两者的变化可以看出，书法创作从书写风尚到材料的选择都在发生变化。

我上大学时，有同学热衷于用各种宣纸外面的包皮纸，觉得用这种纸能写出较好的效果。凡同学中新买宣纸，他必主动登门，商量索要或用其他纸做交换，大有非包装纸不用的架势。不过，包皮纸的数量终是有限。试想：一刀纸才一张，哪能满足他的求古之心？我给他出过一个主意，致函给造纸厂，建议纸厂开辟生产这种书画纸。信写出后，石沉大海，想来有这种需求的并书面向厂家提出建议的不是很多，厂家从经济利益考虑，一时恐怕还难以采纳。

另一位同学则是色纸主义者。他为了写出理想中的字，到处寻访土造纸、黄表纸。有一年我去四川，带回一些黄表纸，纸的质地粗糙，且尺寸短小，当地人做上坟用的纸钱，这位同学看到了，拿去一试，大为赞赏，后来把我仅存的小黄纸统统拿去。同学的古怪情趣，若从色彩学的观点看，用色纸写字，容易取得整体效果上的协调是真的，因为白纸上的黑字，好与不好，来不得半点含糊。

往后，有些同学不满足先前那种被动的对纸的选择，进而要改进宣纸。办法是往宣纸上泼脏水、滴浑浊的颜色，其一，求纸面的肌理。其二，改变纸的色气、调子，总之，把纸面弄得晦暗如历经上百年的旧物，我初时很欣赏这样做产生的视觉效果，后来，见得多了，渐渐感到乏味，不光宣纸的原生状态被破坏了，过多的"制作"也让人想起绘画、书法的单纯，书法笔画承载的情绪完全被遮蔽了。像我这样口味清淡，喜欢品尝菜本味的江南人，习惯上总难接受北方菜葱姜蒜辣齐全的味道，理由无外乎各种菜的本味被裹挟在浓味中，反而寡味了。

　　四川青年书法家刘炎琦最近给我写信，提到纸，抱怨不迭，说纸价又上涨了，买不起。这是写字的人都有的切身体验。再一想，也真是，从二十世纪八十年代到今天，书法兴盛起来，有那么多书法家，都要用纸，宣纸怎能不"洛阳纸贵"呢?!

一九九六年七月十四日

与砚种种

现在人写毛笔字多用墨汁，推想个中原因，有时势的推进，可能也有经济省时的考虑。目下，除了考究一点的书画家还保留着旧作风，用砚台，多数人已弃之不用。即使家里备有砚台，多数人也是摆摆样子或只作舐墨之用，这样的用途，与其说是"用"，倒不如说是摆设，砚台往案头一摆，很雅致，能给书斋增添一缕文气。

我生也晚，轮到我出世，用毛笔描头画角，文房中的四宝已被斥作"四旧"而扫入历史的垃圾堆，幸好毛笔字那个年月还要用来抄写大字报，勉强保留着户籍，大概是这层关系，砚台连带沾着光，尚有生存的一席之地。

二十世纪七十年代初，我上小学，每星期有一堂大字课，当时墨汁虽有（非现在的香墨汁），写毛笔字，墨，还是用砚台磨研。每逢上大字课，便用塑料袋装砚台一块，墨一块，毛笔一支。旧砚台经过"文化大革命"，所剩寥寥，市面上于是出现过一种专供小学生习字用的砚台，砚有手掌那么大，砚池是圆的，墨堂是长方形的。值得一提的是，砚台的质地很特别，用塑料制成，古今砚史，恐怕是绝无仅有的。砚台供应的对象是小学生，售价自然很优惠，记忆中好像只有一二角。这种砚台的优点据介绍是不大容易摔破，缺点也很明显，不发墨。塑料砚台形状小，墨池蓄墨的量也有限，一堂课下来，起码得磨两三次墨，小学生哪耐得住三番五次折腾，心急，墨迹难免沾手污齿甚至泼及衣服领袖，虽说如此，此种砚台居然还着实流行过一阵子。"文革"后期，塑料砚台见不到了，谅是不实用，被淘汰了吧。听说西安建有我国专门的书法博物馆，不知收没收这种产于"文革"的砚台奇品。

二十世纪八十年代后期，我上北京读书。临行前，一个朋友送我一方七八寸长的抄手砚，是普通的抄手砚，时间最早不过清代。据那位朋友讲，这是他在破四旧时从一所寺庙里抄来的，在他手头搁了好些年。砚的四角已残，墨堂中间隐隐还能发现一条裂缝，风霜历历，尽见其中。想来辗转入我手之前，必是饱经沧桑。这方抄手砚陪我从江南到北方，又伴我度过了四年寒窗。到大学毕业前，一位同学分回杭州，想来想去，没东西可送，看到朝夕相伴的抄手砚，便奉送给他。从此，这方来自江南的砚台经历了北国的四个寒暑春秋重返江南，真应了古语说的"楚弓楚得"。

因为砚台，我还遇到过这样一件事。去年，我所在的《文物》杂志编发过一篇稿子，内容是介绍山东一家地方博物馆的藏砚，我是这篇稿子的责编。当时，拿到稿子，觉得藏品中有一方砚台最有意思，年代是乾隆时期的，砚台是御制品，长方形的，很有规模，四周刻满了铭记、图案，很难得。这样的砚台不必说自有介绍的价值。为保险起见，又请故宫专门从事砚台研究的郑珉中先生过目，审定意见下来，是真的，于是编发。介绍砚台的那期杂志出来后不久，编辑部的领导突然有召，谓北京文物商店某先生见到这期杂志，看过后托熟人捎话来，说我经手发的那篇砚台稿子有问题，所谓问题，言下之意是有赝品之疑。《文物》杂志从二十世纪五十年代初创刊至今已经多年，刊物发稿件，凡牵涉真伪问题的，极其慎重，一般要请专家看过，确证为真品，才敢签发，刊物的信誉就是这样建立起来的。所以当某先生这样在文博界有点影响的老人提出问题来，编辑部很重视。我因为有专家的审定意见在手，也就成竹在胸，更何况像这类问题，某先生说不对，还得拿出足够的证据，不能凭感觉。以我的看法，大凡说某某东西有问题，势必得经手好多这样的东西，从中找出这类东西的规律、特点，佐以必要的文献，然后才可能谈真伪，像这样乾隆时期的御制品，传世很有限。某先生对刊物如此热心，我心存感激。事后主动与他联系打了一个电话道谢，并表示我们的意见，有不同的看法可写出来，我们发。又向他请教疑伪的证据，他讲以前看到过这类有御制字样的砚台，不是这样的。请他写成文字，他推说忙，以后再讲。隔了半个月，偶尔在《中国文物报》看到消息，某某先生于某月某日下世。这位未点名的先生就是傅大卣。我和他没有一面之缘，因为砚台的关系，破天荒地在他下世前夕通了一次电话，也算是由砚台引出来的一段因缘吧。

一九九七年十月二十四日

印印

许多年前，我刻印章爱用利刃，利器读过的线条未免火气单薄。自己感觉到了，不舒服，就用打印来补救。办法之一，每回打印，多蘸些印泥，打印用足力气，靠挤压印泥把利刃的扁薄之痕掩去。

老父每每见我这般费劲，大是不解。有一回，终于忍不住跑来问我："怎么回事？你蘸印泥要用那么大的劲？像农民过年搽年糕。"心里有苦难说，我又何尝不想把打印这活做得文雅些，但自己手头功夫有限，好像还非如此不可；唯如此，才对得起自己从心理到视觉上的要求。老父相逼，只好示以无奈。

因为刻的问题，连带出对蘸印泥和打印的特殊要求。后来，各式各样的印泥用多了，对印泥渐渐积累了一些经验和知识。若漳州的八宝印泥，似是我遇到的印泥中名大而印象最拙的一种，印泥稀薄如泥，用来钤印，线条往往漫漶不清。朱文的，线必增粗；白文的，必反而减弱。知道了它的性状，以后再也不敢轻易使用了。在我记忆里，西泠印社出售的各种散装印泥质量还是不错的，价也廉。我最爱用的是镜面朱砂，印泥干似捣捣过的糯米，极有韧性。握印盒在手，以石蘸之，能嗅到艾丝夹杂着斑油发出的诱人香味，温馨之意油然而生。

在江南，每到冬季，印泥的保存是一个大问题。江南不似北方，气温低，室内又无暖气设备，印泥用久了，冬天很容易凝结，盖印常要耗费很大的劲儿。即便这样，效果还不一定好。曾经在一本书上看到过，说冬天，若遇印泥稍显板结，可哈以热气。我平时只顾使用而绝少想到保养，结果用这个办法也不灵光。情急之中，把印泥置于炉上煨烤，印泥受热当然好用，但没有多久，印泥大约就报废了。到北方后，我还是老习惯，把印泥放在暖气片上熏，经一位朋友指出，此法才放弃不用。

这几年，我很少刻印，偶尔起兴鼓刀，印成，打印的方式已大异于前。十多年的积累，稍稍摸索出一些经验。像刚刚刻成的印章，都用拌油较多的印泥打印，油多，可给才受刀的印面一点滋润。若要打印较多的印章，恐怕还得多准备几盒印泥。这样做固然有爱惜印泥的原因，从另一方面考虑，也为了打印的效果更加出色。

至于打印用纸，虽说因人而异，亦是一大关键。在浙江，我受师辈们的影响，平素用的也以连史纸为主。这种纸薄如蝉翼，又洁白细密，钤盖工致一路的印章最为适宜。就我内心所向，还是喜欢富阳出产的毛边纸，质地略厚于连史，细密挺括却毫不逊色，最主要的是赏心悦目。朱砂印盖钤在泛黄的毛边上，自然漾现一种古意，很漂亮。

曾经听人说，高手打印，根据印面的特点，蘸印泥的厚薄和打印的手势各有分别。这般考究，推其原委是为了打出原印的精气神。善于赏鉴者能根据印拓，洞察作者的手段。类似的事，我遇到过。有一年在朋友家里，看到陈师曾印章的打印本，印谱用朱砂印泥，很干，打印用纸略略显厚。里面有些印章，我在荣宝斋二十世纪八十年代出版的《陈师曾印谱》里读到过，没留下多少印象。看了原拓，让我惊绝，朽道人铁笔雄健，握刀似笔，长驱直入，金石之趣盈纸，神逸处，的确有目击道存之感。最难得的是这个打本前后几十方印章，用力一样平均，字口清晰，作者懂得惜印泥如金，且厚薄得当，功夫委实让人叹服。像这样的打本，即使不出自作者之手，执其事的必是深知其趣的行家，否则，难有这样的水平。写到这里，想到了为赵㧑叔、吴让之拓谱的魏稼孙。这位生活在同光年间的印学家，一生不知拓过多少印谱，在打印上必定是位老手。可惜的是稼孙传下来那么多论印文字，偏偏于拓谱打拓之道悭于一言。可见像打印一事，印人们虽然都要遇到，最常见也最普通，但在一般印人眼中，也还是微不足道的。

现在大家都在讲精品意识，印章的精品意识又是什么呢？时人多侈言内容、章法、字法、刀法、意境，那么，这其中有没有"打印"的一份呢？

一九九六年十二月五日

附记：

写完这篇短文，才记起来，前文提到的魏稼孙于"打印"一事莫置一词的说法，实在有欠确当。在他传下来的文字中，写于一八六二年春天的"题毛西堂手揖《西泠六家印谱》一文，内容就讲'印印'之事，他的挚友毛西堂为了打印一纸满意的印拓常常不惜废纸三千"。记述不光绘声绘色，而且文字生动有趣，令人有身临其境之叹。在明清浩如烟海的记印文字里，稼孙这个题记委实是其中不可多得的篇什。附闻于后，备考。

有光纸

　　书画家写字，向来用宣纸。有些书画家也取练习用的毛边纸或元书纸写字作画。二十世纪初洋纸传入中土，有人认为机制的有光纸也能写字。潘伯鹰写的《中国书法简论》，内中就表达过这样的意见："西洋纸向来不为书画家所贵。因为机制的纸，纸筋的纤维被损太过，太不长寿的缘故。但有几种软一些的机制纸，以我看来还是可以供书画用，可惜现在还没有这种风气。"

　　潘伯鹰很开通，不为习惯所囿，当洋纸的价值未被多数人认识时，对它先做了肯定。

　　书画家中有未言声而悄悄试用洋纸者，如已故书画家陆俨少"文革"期间就试过用机制的有光纸作书。二十世纪八十年代末，有人拿去给沙孟海看，沙老观后，兴致勃勃为册页加了一段跋。跋文如下：

　　画家之书，吾爱云林、雪个，为其奇不欲怪，古拙不欲做作。展宛老行字册，眼明心喜，傥亦同此蕲向。钱君立辛语我，此宛老十年动乱中闲居遣兴之作，用有光纸，信笔落墨，初不思流传。立辛索十二纸来，手自裱褙。东坡云：本不求工，所以能工。非有素养，不足与语此。

沙老跋语画龙点睛，指出该册的书写材料非宣纸类，而是机制的有光纸。以沙老在书法界的地位，这么说无疑为有心于非传统类书写材质探索的书画家开了一扇方便之门。

已故的书画家里，我见过朱大可用光纸写录自作的论书语，有声有色。朱先生写米粒大的小楷，饱满厚实，笔笔入纸，一点也看不出来这是写在溜光打滑的有光纸上，如果不是特别指出，简直分不出是写在宣纸还是有光纸上，当然，写在有光纸上的多数是小品。

手头还保存着先师沈红茶先生用有光纸为我作的山石树本课徒稿。还记得沈先生当时跟我说过："你能把这种纸（指有光纸）画出毛的味道来，今后人家叫你画扇面，你就不怕了。"沈先生话里有话，意思是有光纸和泥金扇面质地上有相似之处。他老人家画起有光纸来津津有味，用退去了锋锐的毛笔纵横挥洒，无笔不畅，无笔不毛，书画到这个地步，也就达到通常所说的"不择纸笔"从心所欲而无不如意的境界了。

友人卢为峰曾送过我两枚沈迈士的短札。其中一枚写在有光纸上。沈迈士是海派的名画家，和沈尹默同乡，浙江湖州人。他的书法深受沈周的影响，写字笔格强健，短撇长捺，俱见笔力，且笔道厚实如锤，结实浑厚，有久违的宋人巨幛大幅绘画的容量。猛一看粗枝大叶，细细品赏才体味到笔墨中的韵律，波澜壮阔，真是"庾信文章老更成"。我倾慕其书已久，卢兄的馈赠，成全了我对迈翁的翰墨情怀，亦令我获得了一份写在有光纸上的书法样本。

老辈们体验过的事情，当代书家偶尔也有尝试。许多年前，南京女书家孙晓云出了一本个人书法作品集，里面有一帧团扇，用行草写成，笔画丰腴，牵丝缕缕，萦带却不黏不沾，古雅如明代王宠。我向她请教经验，怎样写得这般效果？她说："用了一种特别纸。"那时我的目光不曾注意到材料，她这样作答，脑子里依然一片空白。后来孙女士自揭谜底："用挂历的背后。"这种书写材料照现代印刷业的说法是克数较高有光铜，属于优质机制有光纸。我没有留意过别的书画家是否也有类似的情况，只知道浙江美院教授、书法家王冬龄用美国带回来的《纽约时报》创作现代书法作品，还看到过南京艺术学院的黄惇教授用太太吃剩下来的巧克力包装纸写字。这是少数书家的行为，但是仅有的几个例证，可不可以作这样的推断：当代艺坛的有识之士从来没有停止过在材料方面的摸索和实践。

当年，老辈们随随便便拿上一张有光纸来写字，"惜物"先行的意识意外成就了新材料的试探，到如今，它成为我们打量那个时代物质文化史的零星碎片。有光纸在中国书画材料史上曾经有过的身影，证明了它的存在价值，至于对它的评价，我想还有待于样本的进一步积累。

二〇〇四年七月二十六日

房山石

　　房山石产于北京郊区，孔白云《篆刻入门》、邓散木《篆刻学》都有记载。篆刻读物上的记载，没有影响印人们的习尚，南方的印人不说了，就是北方印人，沿用的还是明清传下来的老习惯：青田和寿山。不能怪印人对僻冷材料的淡漠，就感觉而言，房山石的质地的确粗糙了一些。

　　民国时期的北方印人，用房山石刻印的有宁斧成。他因用不登大雅之堂的石材刻印，为印史家关注。马国权著《近代印人传》，内中说："（宁斧成）用石不求精，多由弟子从京西潭柘寺小河沟捡来，粗加磨砺，即以奏刀。"这段文字的表面，是客观记录。细细推敲起来，含着一点儿怅然，这怅然，是宁斧成的用石习惯，大好身手，用房山石琢印，虽然也有声于时，但用古董玩家眼光来看，毕竟美中不足。现在北京有些人提起宁斧成，还说宁的印刻有气魄。其实，宁斧成有气魄的又岂止是印，他在印材运用上的魄力，才真称得上惊天动地，数百年后的印史，仅凭这一点，就该给他留一席之地。

宁斧成身后寂寞了几十年，到了二十世纪八十年代末、九十年代初，房山石又在北京印坛露面。

起头的是少数中青年印人，认真说起来这事还跟中央美院招收书法专业学生有关。书法班开课，课程设置里有篆刻一门，开课后，每个学生每天要刻十来方，消耗量实在不小。美术用品商店里有青田寿山卖，石从南方运过来，好用，但价格偏高；内蒙古产的巴林石刚刚抬头，石色缤纷奈石性太烈，价格也不菲。指导老师王镛知道后，与京郊一家工厂联系，买回几十箱房山石。石料是工厂用来制人造金刚钻的，处理下来的下脚料呈条块状，裁开后，正是刻印的好材料。这种石料的特点，第一是便宜，买回一箱，花不到两三元钱；第二是化废为利，从资源的再利用考虑是节约；至于使用，感觉与南方的青砖相似，稍涩，走刀还不难，刻多了，感觉也就顺畅了。王先生那时用房山石先刻出一批，当初没有示范的意思，但这样一来，客观上的确起到登高一呼的作用。房山石可以刻印，掌握得当，效果还不错，一时间房山石占据了美院大小篆刻课堂。石屑霏霏，房山石伴随美院书法班的学生告别八十年代迎来九十年代。后来荣宝斋出版《王镛篆刻选》，收印一百方，其中好几方代表作刻在房山石上。王镛先生那时立志要创一种粗头乱服的印风。他选择房山石是不是有意在印材上做开拓？不知道。但要考究起来，他的印风与印材成了显示其创作的"双特色"。看得见的是印面印风，看不见的是印石材质，一隐一显，从印风到材质，呈现表里如一的质朴。同一时期，南京艺术学院的黄惇先生来京，那个时候中央美院用房山石的风气还有余波，说不上来是谁，送他一堆房山石，黄先生欣然领受。他也是勇于尝试新材料的篆刻家。回到南京，用刀一试，效果还不差。他对房山石的评价，除了手感稍觉软一点，刻起来颇传风神。这是他对房山石的感受。黄惇的印风偏于细腻，他的感受，等于说房山石也适合工细的印风。这以后黄先生拿房山石给友人朱永灵刻过一方"若无庵"的朱文，侧款记下他刻房山石的感触，字里行间涌动着挑战新印材的惊喜。这惊喜，有与陌生印材触碰的新鲜，也还有房山石少人问津留下大片空白供他以印学家身份用铁笔读石的快乐。小则为房山石，大则为二十世纪篆刻材料史，留下一段故实，让后来的有心人还有推推敲敲的余地。一九九三年上海书店出版《黄惇印集》，黄先生把"若无庵"收进去了。不知道黄惇还有没有其他用房山石的记录，想来不会就此一方吧。

八十年代末至九十年代初这段时间，该在房山石史上大书一笔。时代的新印风与房山石屡屡因缘相会，印人在房山石上过刀，深的浅的，率意的精心的，或纵或放，留下若干与印风潮有关的痕迹。几十年前，宁斧成还是单枪匹马在这片疆土上驰骋，虽然载入印人传，毕竟孤家寡人有些寂寞。几十年后房山石再次在印坛露面，它的使用却已不是单纯的个人行为了。南北印人竞相在房山石上演练才技，佳作迭出，在北京鼓刀趋从的印人更成为一时风气。有人说"文革"后的篆刻史是一部艺术平民化的历史，这个结论，且不忙去下，但在印材的取用上，房山石的登堂入室，倒是一个证明。

一九九九年十二月

附记：

　　九十年代初，我用南乡子的笔名写过一则掌故，内容与房山石有关。我写的情况与马国权的说法略有出入。有读者来问：房山石究竟出在哪里？从我现在掌握的材料看，这类石材北京附近都有出产，还不止一处。至于房山石这个名称的来源，请教京中熟悉掌故的老人，据说，几个产石材的地方数房山开发最早，故习惯上把这类石料都称作房山石。这个解释并不令人信服，更清晰的交代，恐怕只能俟之将来，待仔细考查京郊史志后才能作确切的回答。

买字画

我的老家海宁在浙北，沪杭线的中间，东靠嘉兴、海盐，北面与桐乡相邻，往西与杭州交界。从海宁乘火车到杭州只要一个多小时，到上海也只有两个来小时，交通很方便。二十世纪八十年代初，不知是上海掀过来的潮还是杭州刮过来的风，这个地方有很多人玩书画。起初是爱好，后来书画有了市场，有些人就把玩书画当作行当。当然，大多数人玩书画以兴趣为主，想赢利的只是少数人。

向书画家索要作品，那个时候就不是白送的，雅一点的，送茶叶土产什么的；实在一点的，付一点钱，钱不多，象征性的，但总算是对书画家劳动的尊重吧。因此，大凡被索的书画家都乐意接受，慢慢就成了求画者被求者之间一道不言明的契约。年纪大一点的书画家勇敢一些，订有润格，不公开，可爱好收藏的人都知道付润取画，润例的价码不高，绝对是一般人能接受的。

我在八十年代初收藏过两位老先生的画，出价很便宜。一位是丰子恺先生的同乡岳石尘。据说他是岳飞的后裔，继承吴门画派的流风余韵，工于花鸟，画很有功力，书法也很遒媚。岳老既是职业性书画家，作画也是成批生产，同一题材的，一次十几幅一起画，流水作业。我那时写信求画，隔一星期岳老就把画寄来了，只付了六块钱。岳先生随画还附了一封措辞很客气的信，信用毛笔来写，字很有姿态。别人告诉我，要岳老画画收钱，写字则可免费，可是，我终于缺乏足够的勇气开不了口，没得到岳先生一幅"正式"的书法。

另一件是湖州谭建丞先生，谭先生当时已八十五岁了，他画的葡萄在江南很有名。李苦禅临去世前看到谭老的画，认为很了不起，写了"江南书画第一擘"差儿子送给谭先生。谭老画名隆盛，但求画不很难，也只要肯出润资。当时，我写了一封信，又寄了十几块钱，也就给我画了。画的尺寸是四尺"丁"字开。画的是他的拿手戏设色葡萄。据说他的得意之笔都要在藤叶之间，加上几只蜜蜂，我收藏的那张也画有蜜蜂，以此推测这应是他老人家画作中的佳者。为这幅画，谭老特意作了一首诗题在画的右首，字是带颜字味，写得很郁勃。画的落款写"两政"，可是，那时的我既不懂诗，画也不入门，白赚了老先生的"两正"。

现在回想起那两件事，真有恍若隔世的味道。有一点闲情逸致的人哪还有余力收藏自己中意的书画？那个价码早已一去不复返了。

一九九一年石开来京讲篆刻，兼带行艺。我记得有些名人和名人夫人的印章，就是那段时间刻的。很多人知道石开送货上门，不愿放过机会，就找上门来。石开挂单刻印，刻一方算一方钱，人有请，何乐而不为。凡来者，肯出价的——满足要求，载印而归。我也真的动了心，很想请石开刻印，奈何不忍心父母给的饭钱，痛失良机。后来，邱振中来美院讲书法美学，无意中谈到石开。他说，你应该请他刻一方留着，他的东西有意思。我的确错过了。觉得惋惜的是，如今的石开已不是当年的那位石开了。

　　以上写的三则，都与书画润格有关，二则是成了，两件画还留在浙江的老家；一则终因一念之差流产于胎息。而今写出来，供与吾心有戚戚焉的读者一笑。

　　　　　　　　　　　　　　　　　　一九九三年冬

毛笔

《来楚生书法集》里有一幅用画油画水粉的平头笔写成的作品。猛一看和执毛笔写的字别无二致，留意看，才发觉它笔触上的些许差异。来楚生毕竟是位训练有素的书家，即使拿西洋画笔写字，也丝毫没有别扭处，而且在韵味上完全是中国式的。

这大概只能算是一个特例。一般书家，包括来楚生在内，他们写字还是以毛笔为主。

说到毛笔，这里有大的学问。从用的方面说，可以分成以下几类：一类是专讲实用的；另一类是在实用的前提下讲毛笔的美观；还有一类已经脱离了具体的实用功能，成为纯粹的观赏品。这三类都可以举一些例子。第一类，讲的是毛笔写字的实际功效，毛笔是写字用的，首务当然要考虑合用与否。譬如鲁迅用的"金不换"；沈从文用来写章草的毛笔，都是价廉物美的，沈用的笔据说还是小学生练字的毛笔，当时的市价不过七分钱。第二类，在实用外，讲究毛笔的外观，这是后人在毛笔实用功能之外的追加。一九九八年初中国历史博物馆展出的"中国出土文物精华展"中，展品中有一件就是毛笔。笔毛已脱落，笔杆较粗，笔杆的部分嵌了银丝。这管笔出自内蒙古近年刚刚发掘的耶律羽之墓葬。耶律是辽的贵族，所以埋在坟墓里的毛笔也与众不同。实用功能外，还是贵族身份的象征。第三类，实用功能已然退化，只保留其物质形态的观赏性，像时下毛笔厂出产的如拖把一般大的毛笔，只是商店的摆设。还有，现在用来作为礼品的毛笔，模样绝"俏"，毛笔名存实亡只剩下一个给人看的外表。

从笔毛角度看，有硬和柔的分别；还有一种软硬适中的兼毫，也受人欢迎，书人取之，是因为它恰到好处。硬的，最常见的有狼毫（黄鼠狼毛），性刚烈；还有一种紫毫（兔毛），毛性稍次于狼毫；而软的，主要指性绵柔的羊毫。羊狼这两种性状趋于两个极端的笔毛，也就像出产它们的动物，一柔顺一狡黠。兼毫则是各取狼羊之毛分主副合成，亦称羊狼。有些笔庄为标明所含羊狼的成分，用诸如"羊七狼三"的字样。

书家择笔习惯的养成，跟书家的秉性、学书经历及擅长的书体有关。以我知道的北京老辈书家为例，陈叔亮、张正宇喜欢刚烈一点的毛笔。陈学明人狂草，好用硬毫挥洒，指挥如意，也符合书体的特性。张正宇惯用山马笔写字。写篆隶如此，写草书也是如此，就连核桃大的字，也还是山马笔。这有他的墨迹为证。书家中也有偏嗜柔毫的。例如清代写篆书被称为"国朝第一"的邓石如，就喜欢用羊毫，所写篆书能发挥羊毫铺张的特点，笔画饱满厚实，气韵兼备。在邓之前，篆书家有个陋习，用火烧掉毛笔的笔头，倚仗被改变的工具才能写出粗细均匀的线条，相比较而言，邓石如的择笔非常本色。邓的弟子包世臣，再传弟子吴让之，走的也是邓的路子。虽说魄力无法与邓匹敌，但择笔是自然的。清末民初的吴昌硕也是用羊毫表达雄强的高手。

北京书坛的老一辈书家中，用羊毫的也大有人在。寿星书家孙墨佛、萧劳都喜欢用羊毫写字。据说用羊毫写字，练字外，还能修身养性。他们寿登颐期，就是最好的见证。怎么讲呢？因为羊毫性软，要把羊毫写得铁画银钩，有绕指柔之功，比起硬毫来难度更大。非下苦功，静下心来，否则难以奏效。我接触过的，与孙墨佛有"北佛南仙"之誉的百岁书翁苏局仙，写字也用羊毫。已故书画家钱松岩所著的《砚边点滴》一书，也赞同初学者选用羊毫为宜。

说到毛笔，有两个问题要提出来。一个是制作，另一个是选料。制作固然重要，尚属工艺范围，选料则是决定一支毛笔好坏的基础。举一个例子，是自己亲身遇到的。二十世纪九十年代初，我去杭州，在中山路的邵芝庄，看到一种"芝兰狼毫小楷"，笔杆糅以猪肝色，笔杆多头镶以黑色的牛角，笔毫部分，笔尖露棕黄色，根部的毛色泛着宝蓝幽光，配色之美，令人赞叹。毛笔原是用来写字的，而这样的外观，本身就是一件艺术品，追求真善美的书家，拿它来挥写，必增兴致。这一次我一口气买了二十支。回来一试，果然像它漂亮的外表，用起来得心应手。我以后写一寸见方的小字，就得助于这种品牌的小楷。这二十支笔经过五六年时间全部成了退颖。去年春天，我又去杭州邵芝庄买笔，选的还是同样的品牌，不过这回，非常扫兴，开笔后用不到两次，笔头就失去了弹性。尽管外形与先前的无异，而伸毫舔墨的感觉完全是陌生的。请教懂笔的朋友，说是好的狼毫，笔毛要选立秋之后的；立秋前的，表面看不出，但不经用。古人说"工欲善其事，必先利其器。"小小的毛笔虽无关民生大计，可是千万别小看了，对书家来说，笔毛的好坏直接关系到一个书家的艺术生命。

末了，再说一点毛笔的题外话，其实也还是题内之议，是关于毛笔的命名。

我曾留意过毛笔的各种名字，这是所有关于毛笔的话题里，最诱人最有兴味的一部分。它与毛笔本身的关系不大，却不能说完全无关。好的笔名，除了形象生动衬托出毛笔的特点，还是一种创造，催发书人的兴会，从中领略中国人命名的艺术和智慧。

在诸多的毛笔名字里，我最不喜欢"挥指如意""落笔烟云"之类的名字，形同标榜；也讨厌直截了当标以"大兰竹""石獾"等。前者的指示欠明确，云里雾里；后者与文化相关的文具，名字取得如此乏味，大失风雅之旨。看到像"大兰竹"这类名字，就让人想起中华绘图铅笔 HB、金星牌铱金笔。当然，好名字也是有的，我见到过的，有叫"大雪里飞熊"，是湖州出产的一种。这个笔名，不知别人见了会怎么想，我会联想到平时的写字。洁白的宣纸，毛锥疾驰，遗下斑斑墨痕，似一头在雪地里奔走的冬熊，的确很传神。最妙的莫过于"飞"字，把毛笔凌空飞落的瞬间气概完全传达出来了。取名字的人当初是动了一番脑筋的，名字里有一种美韵，给人以无限的联想。这种毛笔我不曾试过，但它的名字，的确让我动心。如果我有这样的毛笔，一定会援笔濡墨、欣然挥洒的。

一九九八年十二月十七日，于北京西便门

书话二题

签名本中的"离书签名"

签名本的意思很明了，指签有作者姓名的书。但以实际情况而言，并不完全如此。就我所见，还有别样的情形。我熟悉的一位老先生，是做艺术史研究的，许多年前，我去拜访他，他正在整理旧文，告诉我要交某出版社出版，当时跟老先生约定，等书出来，送我一本签名本。非常遗憾，在这本书的出版过程中，由于太多的意外，一拖再拖，等到这本书出版，老先生已经去世，后来还是老先生的夫人代为签名和盖章。他夫人这样做，除践诺外，也是为了满足我的愿望。这让我想起新中国成立后章太炎的夫人汤国梨，曾拣出太炎的手书对联，替太炎签上款送给时任浙江省文联主席宋云彬的旧事。这样的事当然极少见，但至少说明，签名书中由于特殊的原因，还有代本人签名的签名本。至于今天坊间流传的模仿作者笔迹的假签名，则是另外一种情形，这里且不说了。

在大多数人的眼里，签名本起码要符合两个条件：一个是作者亲笔签名，另一个是写在自己的著作上。但这种情形数十年里也有被打破的。我知道的一例是，二〇一〇年三联书店出版了《张充和诗书画选》，当时就面临如何签名的问题。事先，笔者和编者白谦慎见面闲聊时就谈起这个问题，书在国内出版，张充和身在美国，新出版的书不可能运到美国让老太太签名，一来周折太多；二来运输、人工成本太高，没有操作性可言。即使上面两点都做到，一来一回也会耽误签名本的投放时间。从哪个方面考虑都不合适。再说运书环节的不确定因素太多，美国邮政人员的工作作风素来粗犷。

我建议白谦慎采用离书签名的办法，即请张充和把签名写在裁好的小方块宣纸上，再钤盖印章。这样可以免去来回运书。读者得此离书签名页，既可将此纸片夹在书中，也可将纸粘贴于扉页。这个两全其美的办法，既满足了读者的意愿，也解决了作者与书不在一地的难题。白谦慎后来采纳了这个建议，因为签名是毛笔手写且钤盖印章，在读者中间反响热烈。

其实在《张充和诗书画选》之前，早有作家采用离书签名的办法。

我手头保存着由知名编辑张昌华策划的"双叶丛书"，其中黄苗子、郁风卷就是这样的签名本。这本书出版于一九九五年，其时苗子、郁风夫妇正客寓澳洲，远隔重洋，一时无法回国在新书上签名。好在当时的签名本还没有像今天那么普遍，作者的签名本大多是送给相熟的好友或有关系的读者，数量不是太多。于是身在大洋之洲的苗子、郁风把签名写在口序纸（原用于做索引，一面可写字，一面有胶，撕下便可粘贴）上，寄回国内，请友人代劳将签名口序纸粘贴于书，形成了签名书的新范式——我称之为"离书签名本"。

我收藏的另一本离书签名本是《廖冰兄画传》。这本书的作者是廖冰兄的女儿和外甥女，恰好赶在二〇一一年三月在中国美术馆举办"廖冰兄艺术回顾暨捐献作品展"之前出版。恐怕还是书和人凑不到一起的原因，这本书也是把签名写在口序纸上，再粘贴到原书而成的。

"离书签名本"的出现，是客观原因造成的。本是一个补救性的措施，未想竟成了签名本中的一个品种。讲究一点的藏书家，可能会觉得用口序纸来签名，一是感觉不如在原书上直接签好；一是口序纸的另一面带有附吸性极强的胶，天长日久，粘贴口序纸的地方，会出现类似印泥走油的一圈深色，影响美感，但聊胜于无。至于像张充和那样的手写毛笔签名，无疑应是"离书签名"中的珍品。

送　　书

但凡出过书的作者，或多或少都会有送书的经历，有的是作者主动送，有的是朋友索要，不管是哪一种，姑且都称之为"送书"吧。

送书的乐趣，是让别人分享你的写作成果。送书的苦恼，是你在写书、出书之外还得承受额外之累。买书、签名、邮寄，贴工夫贴精力，还真不是一般人能够承受，有人干脆说："送不起。"

我每回收到友朋的赠书，都心存感激。前些时候大家都在转一个段子，说同在一个城市，有人肯光临你的饭局，真是给了一个大大的面子。我套用一下，有人给你寄书，那交情可真不一般。

我听说京城有位名人，他的交游圈是以"送书"来衡量的。怎么讲？说凡是能得到他出的新书，都算是交游圈内的朋友。但他的交游圈实在不大，据说只有五十个，后来的人要想挤进这个圈子，除非圈子里有人去世或出国定居，你的才识恰好又被此公认可才行。这简直就像元末的江南人家，以有无此公"送书"论清浊雅俗。有一回，我有幸得到此公的签名本，以为已进入他的五十人圈子，不料有人告诉我，此公还有"常送"与"非常送"的区别，这也等于说，我偶尔得到一本，只能算在"非常送"之列。那一刻，刚刚才有的窃窃私喜，顷刻之间化为乌有。

寻常"送书"当然没那么多讲究，由"送书"引出来的"故事"却不算少。

前不久听一位朋友抱怨，说他送出去的书，经常出现在网上及各种旧书店，售价不高，要命的是书上的上款、签名都没处理。网店或旧书店为招徕买主，不留情面地把签名晒出来。"送书"的事发生才没多长时间，受赠者就把书散出来，作者很受伤。

我在一本书上也看到过这样一件事，说有一个知名作家偶尔逛地摊，发现自己的签名书摆在那里。面对自己的书，作家很无奈，掏钱买下来，带回家后，想想，签名后再次送书给那个人。能想象得出来，送书者、受书者当时的场面一定都很尴尬。

我不清楚这个名作家的送书属于哪种情况？受书者是熟人还是不熟？推测是熟识的朋友，否则不会有"再赠"之举。这已是愤怒至极的表达。我以为，无论是作家主动送书或是受书者索要，情理上都应该珍视。不过，以天下之大，世事无奇不有。拿这个名作家的送书而言，我倒以为，既然送了，大可抱一种超然的态度，所谓"送出去的书，如同泼出去的水"，不必要求受书者像出嫁女一样"从一而终"。不妨以乐观的心态，让它有更多的"邂逅"，这也包括允许受赠者转让该书，或让书进入流通渠道，毕竟这样的书还有被再读的可能，别人也有机会收藏到签名本。如果仅仅把"送书"看作是友谊的化身，就有"送书"之累。

因为有上面那些不愉快的事发生，有些作家、学者对于"送书"变得谨慎起来。即使一定要送，要么不肯签名，要么采取"离书签名"的办法，说自珍也罢，说避免不必要的烦恼也好，总之都是为了提防"送书"后引出来的"副作用"。还有些人主张"不送书"，作者与书的情分只到书的出版为止，至于出书后的遭遇，概不理睬。这个办法固然好，但生活在人情社会里，要做到真的不容易。

记得一位友人说过："每本书都有自己的读者，每个读者也都有自己的书。如果一本书，你读的时候格格不入，那很简单，这本书就不是为你准备的。原因可能在你，也可能在书。"这是我看到的对书与读者关系最通达的见解。如果同意这种说法，那么我想即便是"送书"，也应该允许书的流通。我理解这段话的另一层意思，一本不适合你的书，有可能适合其他人阅读。书的生命之光，正在阅读的时刻。

"送书"有情，怎样才是最好的安顿状态？我常常想这个问题。虽然问题并不复杂，却得不到理想的答案。估计要最终解决问题，只有等到纸质书的消亡。不然，对于书的作者来说，附加在书上的"情"总难撇清。

当年老万圣书园还在北大小东门外的成府街时，我常去那里看书。简陋的店堂里经常堆积着旧书。问营业员，说是刚刚从北大收来的。随便拿起一本翻开，别看是沾满灰尘的旧书，十有八九是签名本，名字有知道或不知道的，后来留意了，才知道只要是签名本，大都是过去时代的名流。和店员交谈，知道书来自北大刚刚故去的某教授。时间带走人事，却留下了不会说话的书，无论是今是昨非，还是物是人非，最后竟然是书比人长寿。

人事有代谢，人和书相守再长，终归有分别的那一天。那么，对于"送书"，不妨"风物长宜放眼量"。想通了这一点，"送书"的纠结就会化解。

书如人，相信每本书都有它的人缘。

二〇一七年九月二十六日

只为喜欢买书

陈子善和王自立两位先生编过一本郁达夫的随笔集，叫《卖文买书》。单从字面上看，写稿卖文只为买书，当然也可理解为内容与卖文和买书有关。许多年过去，就因为这个书名，我还记得那本书。

买书和读书是两个不同的概念。有人买书也读书；有人的兴趣只在买书，读书的兴趣不大。后者可能就是我们常说的藏书家。不过，对于大多数人来说，他们买书只为阅读，而且这种经历一般人都有体验。当然，在这个世界上，据说的确有读书人是不买书的。有人可能会问，不买书怎么读书？回答很简单，上图书馆借，或者上书店蹭书看……文学史上，靠蹭书看而成为作家的不乏其人，老一辈出版家范用早年就靠蹭书看积累了丰厚的学识，智利的名作家波拉尼奥青少年时代也以蹭书出名。前人或许早就察觉到读书人中的确有一类人很有点特别，才有"书非借不读"一说。

不买书的那些人中，情况也不尽相同。有些是因为他们有读书人的某些天赋，比如过目不忘，比如一目十行。一种是记忆力好；另一种读书效率高；还有就是觉得云烟过眼即为我有，书只是载体。我在《文物》杂志做编辑时遇到过一位，他是中科院地理所的黄盛璋先生，本业是历史地理学，却对古文字、考古学极有研究。黄先生记忆力超群，大概就属于现在人们常说的"最强大脑"。据说他很少买书，就靠过目不忘的好脑子记。曾经发生过这样的事：某次他到《文物》杂志编辑部去，看到某编辑案头一份待发的发掘报告，回去后根据匆匆过目的内容，写成文章。人家的发掘报告还未发表，黄先生的研究文章已经见刊。后来杂志的老编辑见黄先生来，总是忧心忡忡的，生怕尴尬事再度发生，都赶紧把稿子收进抽屉里。

我到金克木先生家里，也留意过他家没有书。不知道金先生写文章怎样核实材料的，想来也是靠好记性。

这与买不买书、是不是为喜欢买书不是一个话题。但这样的例子，的确可以证明，读书人不一定要买书。当然可以肯定的是，他们年轻时大约都有过买书的经历，只是到了后来，博览群书，过目不忘，不用买书。

大多数人没有黄、金两先生的好记性。爱书人总克制不住自己要买书的。就像我，喜欢读书，说不出理由，也没有目的，只觉得读书是消磨人生最惬意的方式之一。漫无目的地读书，连锁反应到买书，也是随心所欲的。想想也是，自己不是专业读书家，不用跟风，没有负担，凭兴趣行事。自然，为喜欢而买，为喜欢而读，是快乐的。

前一阵子，我在万圣书园碰上一位小朋友，跟母亲一起看书。小朋友手上拿了一本厚厚的精装本《清末教案》。我很好奇，后来和那个母亲聊上了，才知道书是小朋友要买的。我问小朋友：你喜欢这本书？回答是肯定的。我好生羡慕这位小朋友，母亲没问理由就把书买下来了。要知道《清末教案》不是一本普通的书，书的内容非常专业，是研究中国社会民间隐秘组织才能派上用场的书。那位母亲大概也清楚书的性质，之所以这样做，就是为了保全小朋友对书的兴趣。童年有些看来不经意的遭遇可能会影响一个人今后的选择。

我很多时候是冲动式的买书，或者说为喜欢而买书。但过后往往说不清楚，当初为什么会这样做决定?! 有些书兴致勃勃买回来后，一直束之高阁，更有些根本看不懂的也买回来了。而且书的内容，往往天上一脚，地下一脚，没有系统，也互不相干。体面地说这是兴趣广泛的表现；不好听一点，就是不善读书。

我曾经在美国西海岸的某个小镇买过一本口袋书《彼得兔的故事》，可能是一套丛书中失群的一本，价格非常便宜。我觉得这本书的开本、书型太吸引人了，爱不释手。在巴黎一个旧书摊买过一本二十世纪五十年代出的法文版《永》，内容是中国风土人情艺术，里面的照片有重庆的朝天门码头、陕北的剪纸窗花和荣宝斋出品的水印笺纸等。我不懂法文，只是好奇那个时代法国人是怎么看中国和中国风情的。脑子一热，买下来，接下来不得不背着挺沉的洋装书一路走过法国南部。还在台北诚品某家二十四小时店买过一本名为《屁眼文化》的书，书名挺时尚，其实是两位肠胃医生合著的科普类书籍，书内的小标题做得都很诱人。我是惑于书名才买下来。在内地某个城市的旧货摊，临时起意，买过一张狗皮膏药的药贴。同行者觉得太俚俗，不值得买。我偏偏看中这种过去时代非常多的东西，现在不容易看到了。想起黄裳先生所收古籍里有医书和工程技术类书籍，心也就释然了。

有时候喜欢的书并不容易碰上，碰到了，你不买，很可能就像有些人，此生再难相遇。这和喜欢表面上看起来关系不大，但喜欢确实可以理解成一种直觉的冲动。

我有一个福建朋友，买书很多，称得上是世俗意义上的藏书家。他最喜欢的是自印本书籍。二十世纪六十年代至八十年代老文化人出版机会很少，只能用手工刻印的方法来印他们认为有意思的书，分送给熟悉的朋友传观。本是条件所限，后来却因其身份特殊，成为当代书籍史上的例外。这里，我想说的是在读书界，只要有只为喜欢而买书的人，那么一定也会有只为喜欢才去做书或写书的人。

忘了从哪本书上看到的，说一位从民国过来的学者，起先是学理工科的，由于酷爱历史考古，读了很多书，偏偏他想知道的某些历史时代的物质生活细节没有，这激起了他内心的某种欲望。于是开始收集资料，一点点积累，如是几十年钻研，居然成了这个领域的专家。例子有点极端，如果他当时不是凭兴趣读书，不是碰到问题，估计他还只是一个工程师。兴趣和喜欢真的很重要。

为喜欢买书的人，总会碰上类似的情况：开始都是任性买书、任性读书。买着读着，慢慢发现，尽管书很多，还是满足不了自己的心愿。有些人就想：既然找不到合适的书，为什么不自己写点试试？于是，为喜欢买书、为喜欢读书的人，有朝一日可能转身成了为喜欢而写作的人。

二〇一六年三月八日

敬希免赐修改

每个写作者都有自己的习惯。有些作家一挥而就，几乎不用修改，通篇读下来很完整，像我接触过的学者杨泓先生，从来都这样。我问他是不是成竹在胸？他说即便"急就章"也是这样，可能是习惯吧。我认得的一个诗人也强调一气呵成，据说是保持写作中的原生态，这与中国的书法或中国画中的大写意有点相像。更多的作家恰好相反，在不断反复的推敲修改中完善文章。鲁迅有句名言："写完后至少看两遍，竭力将可有可无的字、句、段删去，毫不可惜。"当然，写作状态因人而异，并无高下优劣之分。作为评价，似乎仍取决于作品的质量，读者才不管他是"一日之迹"还是"十年磨一剑"。

传统媒体时代，作家写成作品交给媒体，经过一系列复杂的程序才能付诸发表，中间要经历审稿、修改、定稿、校对等环节。编辑按照自己报刊的宗旨改稿也是重要的一环。有些作者对编辑改稿无所谓，有些则非常反感，甚至觉得多此一举。客观地讲，编辑的有些修改加工，并非多余，有些的确对原稿的表达有提升，当然有违原作者之意的也屡见不鲜。前者如《高玉宝》《徐悲鸿的一生》《林海雪原》等书，据说编辑花了大工夫。至于改坏的，笔者举个自己做编辑时碰到的例子。

二十世纪九十年代我在《文物》杂志做编辑，领导对名人稿是有要求的。像我们这样初出茅庐的小编辑，最初都有围"名老头"的经历，比如去围启功，启先生有次有点不耐烦，说："我们也是从年轻人过来的，不要老找年纪大的，哪有精力，你们要发现一些新作者。"话虽那么说，找名老头是条捷径，见效快，发稿率高。比如我好几次向故宫的朱家溍先生约稿，每次他都表示写出来就给我。事实上，朱先生年近八十岁，他所在的故宫博物院、文物局还有其他机构以各种名义派他约他的活很多，还经常应邀请去参加各类活动，根本没时间写稿子。但我盯得紧催得急，可能是照顾到共饮一江水的同乡情分，有次朱先生破例把为某大典写的谈漆器的序文给我先发。朱先生的文章向来内容充实，是十足的干货。因为是序言，文章前面有一小段铺陈，我那时尽管编发过不少名人文章，经验到底还是不足，自作主张删改了一些段落。当时《文物》的稿子发之前要给作者寄校样过目。朱先生收到后，很不高兴，直接打电话给主编，主编马上找我谈话："你胆子真大，朱先生的文章我都不敢动的。"结果可想而知，恢复旧貌。

有些名人不在乎删改，信任编辑的职业眼光。传闻二十世纪七八十年代，刘海粟经常在报刊发文章，那时发文章不太容易，大至历史事件、人物评价，小至措辞用语，把关极严。海老了解个中情势，常常主动跟编辑打招呼："只要能发表，删改没关系。"显得非常宽容。

老诗人忆明珠非常不喜欢别人动他的文字，说被改过后文气大伤，不忍卒读。诗人写过一则随笔，记录他短诗发表时的不幸遭遇。"昔年余画猫，题曰：彼猫不露脚与手，花荫独坐拥黑裘；杀机全在眸子里，俨然名士自风流。此诗后经友人投给一家地方刊物，编辑某公曰：'猫有手乎？猫有脚乎？'即提笔改曰：'彼猫不露肢与爪'云云，并以其改稿刊出之。余见刊后，但有徒唤奈何而已。"当然，像这样的情况，想是极少数。

孙机先生是现在读书界一本非常走俏的《中国古代物质文化》的作者，他也反对编辑改他的稿子。我手头就保存了一封他附在稿子后面的短信，声明"如不合用，弃之可也，不必客气。唯敬希免赐修改"。话说得毫无遮拦，直截了当拒绝修改。当然，孙先生这样讲，也有他的底气，他是目前在中国古代物质文化研究领域举足轻重的学者。

电脑代替笔墨进入日常生活，被人称为"换笔"，这样的技术革命也引出许多趣事。这是新旧交替阶段难以避免的问题。我编过的《收藏家》杂志，当时经常要请一些八九十岁的老先生写稿，他们的稿子还习惯于手写，对于收藏圈而言，未尝不是一桩幸事，至少还有手稿传下来，不过对于编辑来说，就是苦差事了，处理稿件的工作量也要多承担。黄裳先生生前，我约他写谈古书的专栏，整整一年半，读者爱读，文章水平也高，但编辑的工作量真不小。最大的问题是黄先生每次提供的复印件质量欠佳，辨认不易，还有不少异体字。杂志之前因大量来稿为电子文本，削减录入员，手写稿没人处理，只好临时请同事帮忙或打印社录入，虽经核对，错误仍不在少数。每次与黄裳先生通信，他寄回的校样都附一张便笺，谈及校对，总是满腹牢骚，至今还记得他那封不顾情面的短信："校样悉，不看不知道，一看不得了，错得那么多，不校真不行。"黄先生所处的时代，人工是不惜的，只求准确性高。轮到我们这个时代，改革不断，最后不外乎讲求效率。黄先生不察，以为一块大牌子底下的杂志，人力一定是充足的，哪知道"今是昨非"，"巧妇"夹在中间十分为难。

这种情况，今后大概不会再发生，因为以手写为笔耕方式的那辈老先生不可能再有。我们只是这个转型时代遭遇换笔变局而身处尴尬冲突的少数人。从大历史的眼光看，文人细事不值一提，但这些有趣的往事竟也令人难以忘怀。

二〇一七年二月十九日，于蓝旗营小区

杨宪益手迹

寒蝉凄切，对长亭晚，骤雨初歇。都门帐饮
无绪，留恋处，兰舟催发。执手相看泪眼，竟
无语凝噎。念去去，千里烟波，暮霭沉沉楚天阔。
多情自古伤离别，更那堪，冷落清秋节。今
宵酒醒何处，杨柳岸，晓风残月。此去经年，
应是良辰好景虚设。便纵有千种风情，更
与何人说。

录柳永词

今方先生属

叶秀山

叶秀山墨迹

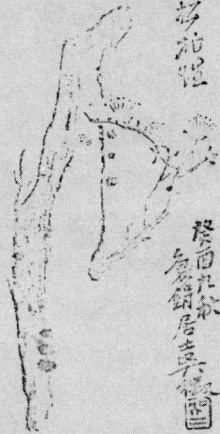

梅笺

周退密题跋

南地同志：和诗及信，均已收到，甚以为快。和诗
比拙作好多了，不是谦虚，而是确实
如此。朝花，昨来一信，寄来解放日报两张，
并有李振邦的署名，颇以为慰。昨日下午
开会，晤到苏公望贞，第一句诗即问朝
花。上你的诗很好，施的画更好，是诗也
分的雅意。修不多及此致
敬礼。

　　周谷城上　五七年
　　　　七月廿六日

周谷城手札

吟方先生

希望不久可以有拙文

報命

敬謝梁箋

恭賀

新年　九六·一·七·

王方宇

Fang Yu and Sum Wai Wang
150 East 69th Street 12T
New York, N.Y. 10021

With the Compliments of

Fangyu and Sum Wai Wang

17 Farmstead Road, Short Hills, N.J. 07078, USA

王方宇便箋

仰山楼翻书题记钞

　　我的图书题记大致只是一个翻书的心情记录，大多数写于得书当时；也有些是后来再读时的补记；还有是借某种机缘重翻某书，灵感忽至，迁迁记之；更多的是在阳光下阴霾下大雨下雷声下忽晴忽阴天气下随兴抄起一本书随读随翻，偶有怅触记之，无兴亦记之，甚或有再三再四，一记再记者；出门在外，也带一本与旅程有关或无关的书，本为消遣，哪里想到，正好体验了"无聊才读书"的况味……不同情境下写的题记，如果硬要寻求彼此之间的关联，那就是我与书周旋的一个又一个屐痕。有人说"书中自有颜如玉，书中自有黄金屋"。对于我来说，只有与书相对的那一刻，才可以静默面对自己的灵魂，瞬间拥有茫茫时空。读书，起于兴致，止于兴尽。自然，这种读法在如今以效率来衡量的社会，大概是最不经济的读书法，不过适合自己的情志，积久成习，便养成我的读书"行止"。好在我对读书从来没有抱负和兴趣外的追求，随兴读书，也便逍遥自在，乐于所乐。"题记钞"过录既成，率题数行冠文前，以为小引。丁酉初四唐吟方于京华仰山桥畔。

石谷风《古风堂艺谈》，天津古籍出版社，一九九四年二月版。

前后三次买《古风堂艺谈》。这是石谷风先生平生最重要的文字，他一辈子才出过两三本。此是我买过的第二本。当时烈日高悬，周围尘土飞扬，于某地摊书市见此书，心有不忍，就买了下来。石先生的文字都是亲历所见，又是干货，是研究民国艺术者不能不读的一本书。

赵德义、汪兴明主编《中国历代官称辞典》，团结出版社，二〇〇〇年九月版。

这本书是史树青先生送给我的。当时他说："今后你写文章用得着，这样的工具书要备着。"我记不得是谁说的"纸墨比人更长久"。当前辈音容渺渺，幸图书犹在，灯下摩挲，感慨万千。唐吟方，二〇一六年十二月二日，于京华仰山楼头记。

史先生晚年还喜欢逛书店，遇到他认为有用的书，一买再买。陪同他的家人或助手时常提醒他：这本书你买过的。先生依旧会买下来，然后不时送给他认为用得着的年轻人。这本书大概也是这个样子。读书人自己买书，还特别爱买书送人，史先生在这方面有老辈风范。吟方又记。

费在山《笔缘墨趣》，百花文艺出版社，一九九九年四月版。

费在山二〇〇三年八月去世，据范笑我《秀州书局简讯》。费氏曾自费油印过多种文选，延老辈题签，此种油印本存世稀少，存者可视为书林珍品。吟方记。

　　费在山曾任湖州王一品笔庄的经理，近水楼台先得月，与各地书画名家交往甚多，他也喜欢交游，如张宗祥、沈尹默、丰子恺、高二适、俞平伯等，俱一时风流人物。我曾收得他致《文物》杂志编辑部的一通书信。这本书是他生前所撰文章的精选。可惜早逝，不然或许我们能读到他更多的艺林掌故文字。唐吟方，二〇一五年深秋，重读又记。

　　杨泓、孙机《寻常的精致》，辽宁教育出版社，一九九六年九月版。签名本。

　　杨泓先生送这本书时说：这是我和孙先生的合著，落款就写"作者"。我问杨先生"寻常的精致"是什么意思？杨先生答：寻常的是我，精致的是他！后来我才知道这本书的书名是扬之水取的。吟方记。

　　马鸿增《钱松喦研究》，江苏美术出版社，一九九二年十一月版。

　　这本书是二十世纪九十年代初我在《文物》杂志工作时买的。当时居无定所，借住在帅府园美院十一楼上一个教师的画室里。平居无事，常散步至东安市场书店或灯市口旧书店翻书，间或会买一些自己感兴趣的旧书，这是其中之一。扉页已被撕去，我疑心这是作者的签名本，灯市口离人美宿舍及美院都很近。我因为想了解钱松岩的老师胡鹭汀，才买这本书，不料读完这本书，发觉钱松岩也很有意思，一口气接着购读钱松岩其他画册与文字。这本书跟着我从东城到圆明园花房，又辗转到知春路，再而至北五环的仰山桥畔，似乎是我读书缘的见证。吟方，二〇一五年岁尾，仰山楼霾窗。

胡鹭汀还是陆俨少的老师，这是很多研究者不知道的情况，附志。

庄天明《书法的最高境界》，江苏教育出版社，二〇〇三年二月版。签名本。

二〇〇五年五月油菜花初开时节，侍刘涛老师访金陵，同游者有朱永灵兄。参观南京博物院与庄天明先生相遇。万新华兄赏饭。庄先生与涛师为旧识，涛师曾为此书写书评。余与庄为初见，庄先生以此相赠。旧年曾得《书法报》赠送一册，此为签名本，可为金陵之行纪念。雀巢吟方记。二〇〇五年五月十五日。

何鸿、钱道明编《钱镜塘常用印》，西泠印社出版社，二〇〇七年十二月版。

钱镜塘之孙钱道明先生寄赠。数年前曾得朱明尧先生送我的钱镜塘自用印稿复印件。收到此书，泛览一过，便知此书以复印件制版，故印拓与边款皆模糊不清。昔荣宝斋出沙孟海印谱，亦用复印件，余正老师谓此为篆刻艺术的杀手，篆刻不败而印刷败之。然镜塘自用印赖此存天壤间，可庆。此书出版后九十日得之，吟方记。

颜梅华口述、陈祖恩撰稿《颜梅华口述历史》，上海书店出版社，二〇一六年九月版。

这是"上海市文史研究馆口述历史"丛书之一。颜梅华是上海画坛的老画家，资历挺老，当年荣宝斋力挺他，为他在日本和北京都办过个展，但不知为什么，就是红不起来。他与颜文樑同宗，曾跟吴湖帆学过。晚年的口述十分有意思，谈他接触过的海派前辈画家，直抒己见，简直口无遮拦，倾其所见，非常好看。如写贺天健请来楚生刻印，来不想要润笔，拿张小纸，请贺画几笔抵印。贺说我的画十四元一张，你的图章两元一个，不能相等呀。又如当下流传的虚谷十有八九是江寒汀的手笔等。如果不是在场者，说不出这样的细节来。历史总留下一两个网眼。读书也一样，不能跟在职业读书人后面，要自己到书店翻翻拣拣挑挑。我在万圣书园看到这本书，没翻几页马上决定买下来，里面的细节太诱人了。唯一的缺憾是，整理者的中国美术史素养不足，有些很明显的错误未加改正，说不过去。二〇一七年元月二十日，黄昏。

袁日省集编、谢景卿续编、孟昭鸿三编《汉印分韵合编》，上海书店出版社，二〇一〇年七月版。

二十世纪八十年代初学印，曾在杭州湖滨西泠印社门市部购得这本书，用了二十多年后，由于经常翻阅，书皮已脱落，内页亦有断烂处，又从琉璃厂中国书店重购一册置案头。这是我刻印最常用的工具书之一。前人种树，后人乘凉。闻有前辈印人不满足前人成果，看到汉印某些有意思的写法，效古人描摹下来，惜自孟昭鸿后再无续编，可不感叹！癸巳晚秋，吟方记。

锺叔河《书前书后》，海南出版社，一九九六年五月版，第二次印刷。

锺叔河是新时期重要的出版家，曾推动出版"走向未来丛书"及"周作人文丛"，眼光与魄力皆具。似乎可以肯定有锺叔河在，湘湖文脉不会断。我藏其编著不少，偶一日与宁文兄通电话，不知怎么就谈起锺先生，相与道钦慕。随后就找出一本他的书，写信请他签名。很久不得回音，以为他碰上像我这样的读者太多，根本顾不上来。半年后，小区物业说找出我的一个快递。过去一看，正是锺叔河寄来的。其实我信发出后一个月他就回复了，但被物业耽搁了。锺先生为这本书题了一段话："唐吟方君购得拙书，远道寄来嘱为题名，因为写陆放翁句'万卷纵观当具眼'。这在如今印书泛滥泥沙俱下时，更是值得我们注意的罢。壬辰夏于长沙，锺叔河。"话的意思很明了，警惕在书籍出版成灾的年代里，注意练就好眼光，用有限的时间读些有价值的好书。话虽不错，但真要做起来又是一桩多么不容易的事。

陆维钊《书法述要》，浙江古籍出版社，二〇〇二年十一月版。

陆先生是现代书法高等教育的开创者，做过王国维的助教，那时差不多进了中国学术圈的核心，因为祖父生病，只好请同学赵万里替代自己的职位。后来赵万里成为著名的版本学家。陆先生最后只落得个书画家下场，为此他愤愤不平。陆先生传世只此薄薄一册，文字不足两万，这还是爱陆先生的晚辈，在他身后极力促成的。与他的弟子等腰或齐肩著述相比，真是太寒酸了。据我所知，我们熟悉的老一辈不少都是这样的，满腹经纶，述而不作，若置今日，恐怕连副教授都难以评上。但谁又敢说他们的学问不好！有人说古今之变，尽在华实之间。讲究形式，不论实学，此情于今为烈。

董宁文《开卷闲话三编》，湖南教育出版社，二〇〇七年四月版。签名本。

董宁文携子子聪来京，我请他们父子在崇文门必胜客店吃比萨饼。一次见到作者和冠名者，难得！这对父子长得虎头虎脑的，一接触就有好感。宁文送我他的新书。这是我得到的第三本毛边本签名书。饭后，送他们回六铺坑凤凰台饭店。是夜大雨滂沱，大概是近些年来北京罕见的大雨，北三环安华桥路段积雨深达两米，我走了近三个小时才回到家中。二〇〇七年八月二日深夜两点，记于仰山楼。

刘云鹤编著《现代篆刻家印蜕合集》，上海学林出版社，二〇一三年八月版。

这类二十世纪印人作品集，此前有丁吉甫《现代印人资料》，后来有陈寿荣的《现代印选》，也还有一些机构做的类似印书。就收录印人作品的时间跨度、容量、涉及面而言，都没有超过刘本。某机构冠以某五十年的印书，主持者好像站在挺艺术的立场，究其所以，只执行一种高级版的世俗流行标准，只有小圈子没有视野，可以断言，以艺术史标准去衡量，很多入选者最终将成为狂沙。就我过目的印书而言，刘本是研究二十世纪印坛不可或缺的印书。刘云鹤不在艺术的中枢，但他却做成了这件事，这需要文化公益心和足够的文化自信心。刘本不排斥左中右各派印人印作，真正呈现了二十世纪印坛的多元化态势。二十世纪九十年代后印坛出版个人专集成风，刘先生本可以拿这笔钱用于自己的宣传，却贴钱贴人力，为印坛留下那么一部书，令人敬佩。我以"印坛文化愚公"视之。可惜在当下，刘先生的努力和成果未能进入公众视野，我常常觉得热闹的艺坛，背后是多么的冷漠与势利。

冯其庸《逝川集》，陕西人民出版社，一九八〇年五月版。

冯其庸签赠顾平旦。十多年前得于某冷摊，顾平旦也是《红楼梦》研究者。冯先生有老文艺家范儿，书封、扉页题签都出于名家之手，底图是齐白石的，雅致，书卷气逼人。当初买这本书，纯粹是看书封面诱人。里面还有多次用铅笔校改之处，不知是冯笔还是顾笔？徐梵澄先生说：人生就像一本书，没有一本是没有勘误表的。

《书林碎录》，广陵古籍刻印社，未著年月，线装印本。

郑炳纯选择、严宝善雠校、林次青和吴智泉录副。二〇一四年应乡人之约，撰《又见堂书画藏品选集》引言，因记《书林碎录》一书。其书依据海宁吴氏拜经楼和蒋氏别下斋、衍芬草堂收藏的"耆旧墨沈"，辑录晚清名人与海宁旧家交往的文献记载。据郑先生序言：墨沈，上海图书馆原拟收购，以议价未谐未成交。待售过程中，转至京华，郑先生觉得该稿文献值得保存，遂请人将有关条目录副。抄胥人之一吴智泉先生晚年为乡人目为书人。我原购有此书，待用时竟遍寻不获，不得意，急电求助于海宁图书馆陆子康先生，数日后陆先生回复馆中无此书，又半月，收到陆先生自江南寄赠此书复印本。收书之时，感铭不已。盖闻我观书心切，陆先生特从旧书网以高价觅得此书旧本，复印快递相赠，助我写作，遇此良师真人生福缘也。及引文成，原藏旧书忽现身，然与陆先生书缘，实难忘怀，提笔记之，志我感激之情。

刘海粟教授艺术活动七十年专刊。一九八三年《艺苑》第一期。

二十世纪艺坛，刘海粟纵横驰骋一个世纪，既是历史中人，也是历史见证者。当他的同时代人敌不过时间的煎熬，纷纷谢世或遁世，只有"沧海一粟"依旧笑傲风云，纵迹江湖。《艺苑》是南艺的院刊，刘海粟艺术活动七十年推出的纪念号，那个时候，美术界享有如此待遇，只此一人。专刊除历史照片、作品，尚有各界贺词，海粟同窗、友人、学生为其写的"颂文"，如江苏文联主席李进、南艺原副院长谢海燕长文，另有海粟同门肖娴的文章及周积寅撰写的《刘海粟美术年谱》。二十世纪八十年代初出版界还比较严谨，发表文章不易，内容都要再三核实，此刊应是刘海粟研究可参考的文献。购于北大周末书市。时居圆明园花房，此地与北大蔚秀园只一墙之隔。夜深人静，常闻蔚秀园那边传来吵闹声。

贺天健《学画山水过程自述》，人民美术出版社，一九九二年第一版。

这本书一九六二年初版。我上中学时，在朱平老师的办公室看过这本书，作者是名画家，他的文字浅显，对我影响很大。北来后一直想购置一册重读，惜无机缘，然无一日不思此书。今日至东四工艺美术商店购印石，于柜中见此，亟购一本，以偿夙愿。一九九四年三月二十一日，吟方于沙滩红楼记。

二〇一六年九月六日至七日自京赴沪，参观上海中国画院文献展，随身携此书，以为了解那个时代画家思想之助。展卷重读，深感贺天健是值得关注的。吟方，九月七日于京沪高铁上。

吴藕汀著、吴小汀辑《〈药窗杂谈〉——与侗楼信摘录》，秀州书局自印本。

此书某些部分，早几年前，范笑我曾拿到嘉兴文联办的某报发表过，题名为《画牛阁随笔》，后来陆灏的《万象》也登过一些，当时看了，非常震撼，对画坛名家作品，还有那样尖锐的看法，深为作者独立思考的见解所吸引。这次，笑我将藕翁谈艺文字汇集刊印，展读一过，又觉得作者思想过于保守，实践与看法反差甚大，矛盾重重。但此份材料，正提供了江南民间知识分子从"文革"后期到改革开放前期观察画坛的私人立场。此书的史料部分价值亦高，如张大千民国时期遁迹嘉善的卖艺生活，以前曾听江蔚云先生谈及，藕翁则记录于文字，它日可采信，用于画史研究。吟方，二〇〇五年十月二十三日。

俞子林主编《那时文坛》，上海书店出版社，二〇〇八年五月版。

二〇〇九年四月三十日得海宁友人顾纲寄赠刘庭华、汪聪等六人为郑逸梅九十大寿所制"梅笺"，为了解这枚小笺的来历，致电上海蒋炳昌先生，委其向当事人了解情况。蒋先生告以此书载有有关"梅笺"来龙去脉，于其后五日在万圣书园购得此书。据《海宁年鉴》载，这本书的主编俞子林是海宁人。

朱祥华、章耀、袁建初《搭个披——关于海宁建筑的书画印》，西泠印社出版社，二〇一四年四月版。

作品集是故乡三位友人的作品合集，朱祥华的字、袁建初的印、章耀的画。和今天所见书画集不同，《搭个披》有它专属的主题，以海宁古今历史建筑为对象，书画印三位一体。我颇佩服祥华兄对这个展览框架的设计和策划，勾勒古今海宁建筑的文字尤见功力，显示其对故乡历史文化的精准把握。傅其伦兄一向狂傲，对此提及祥华兄文字亦赞不绝口。"搭个披"原意是正式建筑外的附房，乡人称造房子为"搭个披"，含意自谦。事实上，在历史文化面前，后来者无一例外都是搭披者。此双关语运用，颇见语言的智慧。

赵禄祥主编《中国美术家大辞典》（上、下卷），北京出版社，二〇〇七年七月版。

我曾应这本辞典的责编杨良志先生之邀，参加辞典部分条目的终审，此书出版后获赠一部。该辞典主编赵禄祥原为秦皇岛市、邯郸市市长，退下来后移居北京，大约是受"为官一任，不如编书一卷"古训影响，发愿编此，据说是迄今为止收入美术家最多的一部辞典。那次终审会上，赵先生看我对美术史人物好像蛮熟悉的，会后私下征求我的意见，希望把我的名字列在编委之列，因为编委中的某某，我不愿与之为伍——就说"做点实实在在的事，名字就不写了吧"。

《邓又同捐赠广州博物馆近代名人手札书翰选》，花城出版社，二〇〇三年十二月版。

湖南省博物馆傅有举先生赠我。二〇〇四年我为某报撰写尺牍专栏，因其中有材料得于傅先生，便屡屡寄剪报给傅先生。傅先生是一位有古道热肠的前辈，知道我正在收集尺牍资料，一直留心着，这本书是他从女婿那儿巧取豪夺来的。引他信里话："此次去广州女儿家过春节，在女婿程存洁的书房里，发现一本《近代名人手札书翰选》，一翻看内容，大喜，'这不正是吟方君需要的吗？'女婿小陈是广州博物馆馆长，我说需要这本书，他当然只能马上答应。"天涯有书缘如此，最不能辜负赠我书者如傅先生。

王湜华《音谷谈往录》，中华书局，二〇〇七年二月版。

这是人物类笔记中，记录人物比较真实的一本书。比如有些名人晚年厌世、有些名人晚景凄凉等，作者没有回避，这种情况在很多书里很难见到。作为史料，为后世观察过去时代的人文留下难得的文字记录。作者是王伯祥之子，喜欢书画印，接触过很多前辈。记得二十世纪八十年代初中期，上海《书法》杂志刊发作家学者之字，不少借自王先生的珍藏，透视百年文心，王湜华先生的集藏之功不能不提。

二〇一五年夏月某日曾于亚运村《中华书画家》编辑部与王先生有一面之缘，且有共饭之乐。

《楼辛壶》，缙云县政协文史委编印，一九八九年六月版。

从前每次到杭州，总要到六公园处的文史书店转转。这个书店专卖浙省各地政协印的文史资料，虽属内部印刷物，颇多有用资料。楼辛壶是民国名流，这本书收录好多名人手迹题咏，大部分是楼辛壶身后其子楼浩之收集的。买这本书，除了图多，还因为楼与吴昌硕有交往，缶翁曾给他改过印章。类似的人物小书，当时买过不少。上海人美出版过一套"中国画家丛家"多达几十册，更成规模，撰写者皆一时俊秀。

陈子庄口述、陈滞冬整理《石壶论画语要》，四川美术出版社，一九九一年十一月版。

一九九二年五月陈硕来访央美，出示此书。略翻数页，就喜欢上这本书。陈硕见状，当即说书送给你，随后在书上写了上款，让人领略到川人待人特有的真挚。当时陈子庄的展览刚刚在北京展过，再读他的画语录，印象格外深。其论当世名家毫无顾忌，且皆有己见，内心很震动。整理者陈滞冬我也熟悉。有人说陈滞冬在整理这本书时，把自己的看法也借石壶之口表之，我问过陈滞冬，他否认。陈滞冬自己也是一位有成就的艺术史家，画也好。

五道口的餐馆和书店

八年前我从圆明园南门的北河沿移居清华南门的蓝旗营小区。我的活动重心一下子挪到了以五道口商圈为中心的地带。

按网络上的解释：五道口板块的地界西接中关村大街，南到北四环边上的北京学院，北到清华东路的北京林业大学，东抵学院路，中国八大的院校都在这个地带，而且像搜狐、微软、谷歌、宝洁等国际知名公司也驻扎在此。有人因此把商学混搭整天喧嚣的五道口板块称为"宇宙中心"。

我一直闹不明白"宇宙中心"的真实含义，想来该是个骄傲的表达。我在这里生活多年，没有感受到来自"宇宙中心"的强大气场，可能这些似是而非的概念，只对书写新北京"脚本"的人才派得上用场。我目睹以东升大厦为热闹中心的五道口，每天都要上演一段或者数段各种状况的堵车，让生活在五道口一带的居民心碎不已。如果你经历过五道口的"宇宙之堵",那么再碰上别的什么堵,大约都不算什么。

我的生活简单平易,认识五道口从餐馆和书店开始。

五道口一带小吃店如林,以知名度而言,五道口金融学院旁边的枣糕店名气最大。许多人回忆起五道口生活,印象最深的是枣糕,料足而且甜蜜。我无数次目击那家门前排长队的情景,人满为患,估计不少金融家和从五道口走出来的成功人士都一边走路一边享用过这种枣糕。很奇怪,我在蓝旗营生活了那么多年,居然没尝过这款五道口名点,想想都有点不可思议。

五道口商圈称得上好的餐馆不多。东升大厦底层有一家叫"醉爱"的杭帮菜馆,一度是五道口最红火的菜馆。我曾是这里的常客,不止一次在这家装潢考究的菜馆里请人或被请。有一次安徽的朋友来,我订了一个半开放式的包间,那个挡隔的珠帘,在灯光的映衬下,发出耀眼的反射,有点灯红酒绿的味道。撩帘进出的刹那,真有点儿浮华。那次我点的略显清淡的杭帮菜,引得座中一众颇有美食经验的女士的话头,反倒是我要请的那位朋友只顾吃,不愿多开口。吃着吃着,菜还可口,我有点不自在了,发觉暗淡的灯光、气氛适合情侣幽会。"八项规定"颁布后的某年五月某天,为一个小友引见清华的导师,又去那家多年未光顾的菜馆,霓虹灯漂亮依旧,只不过吃客锐减,以往的繁华随着岁月的更迭,显得落寞。感受最深的是菜价涨了,菜品的味道却没有跟进,反而有退步的迹象。

与"醉爱"只隔一条中关村东路的清华科技大楼里有一家"全聚德",也是五道口最火爆的餐馆,只是每次电话订餐都回说客满。外地来京的朋友偏偏看重老字号，每每点名要吃烤鸭，这让我感到无奈，不去，拂逆朋友的心意；去吧，实在没有什么好感。真实的感觉除了品牌优势，算不上美食。这让我想起北京的茯苓饼，北京人并不食用，买它们的都是外地人，这种情况据周绍良先生说晚清就这样了。

"全聚德"近邻还有一家"砂锅居"，好像是有名的鲁菜。有次请北大国政系的赵宝煦先生吃饭。赵先生关照不要太远，结果去了"砂锅居"。不知道是点菜的问题，还是"砂锅居"为适应五道口居住人群的口味，菜有点辣。一老一少两个浙江人，本来选了靠窗的位子，想好好聊聊天的，最想听赵先生谈他经历过的西南大学和他追随闻一多的旧事。我被菜品辣得直呀嘴，显出与年龄不相称的走神。赵先生历经沧海，泰然自若，显得镇静。我就此没了心思，匆匆结束了与赵先生的聚餐。

搬到蓝旗营后，贪图方便，时时到小区对面的餐馆吃饭。餐馆的规模不大，熟悉后都能点到可口的菜。有阵子常到湖南人开的"红辣子"去，这间门面不大、看上去不起眼的餐馆，招牌菜是芷江鸭，微辣，过油后，加上诸种作料一番蒸煮，端上来的这道菜呈发亮的古铜色，上面铺上一个有兰蕙造型的南方青白小葱，催人食欲。每次去，都点芷江鸭，更与服务员打招呼，多来点鸭腿。每次都答应得好好的。上菜，一吃，鸭腿一只不多，问为什么那么少，服务员回说一只鸭子两条腿，哪给得了那么多。尽管如此，对这里的菜还是乐此不疲。另外在这里吃饭，常常能碰到两个学府里的名教授。

　　五方院和德厚院也是不错的餐馆，两家实际是一个店主。店主原是清华的毕业生，留学归来，选择在蓝旗营开餐馆，是因为这里是他熟悉的地方，来吃饭的又都是清华北大的老师或毕业生。有人夸张地说它是清华的校外食堂，就好像称万圣书园是蓝旗营小区老师的私家书橱。五方院和德厚院的店主是学建筑的，他接手这个地方后，做了改造，门面和室内空间颇有些现代气息，大概是五道口一带最有现代设计感的两家小餐馆。我曾带不少朋友去那里吃饭。最近一次，是去年秋天请广州友人李怀宇吃饭，走到德厚院二楼，靠窗的位子居然漏雨。点完菜，上来一看，瓷质餐具不少带有磕碰的残损，心情立马变得很糟糕。留学生出身的店主都把餐馆办成那样，可见要长久保持一种品质，多么不容易。

　　文津酒店里的韩餐馆"大长今"也是近年来去得比较多的地方。这家餐馆除了价格贵点，菜品、服务和环境都不错，没有中国式的嘈杂。对于我这样喜欢安静的食客来说，"大长今"是符合理想的去处。前不久去，发现"大长今"已更名为"大南门"。熟悉的地方，熟悉的门面，突然改了名字，有去年桃花人面的感觉。

　　谈完馆子，接下来谈谈五道口的书店。

　　五道口向来被认为是北京青年学子最多的一个地方，也是留学生最密集的地方。这个地方的人口特点，导致这里的酒吧、书店、小饭馆、小商铺和书店极多。

　　我不喜欢五道口那种乱哄哄的环境，但承认它充满了活力，尤其是那些小书店。

在五道口先后出现过几十家书店，有名没名的在我看来都有些意思。我曾写过一篇有关海淀书店的文章，里面提到十来个五道口书店名，如光合作用、豆瓣、墨盒子、水木、上海贝图建筑、晨光、春秋、方圆、前线 gamesta 等，大致分布在成府路和财经东路及王庄路一线。全盛时期的五道口书店，无论大小，个个见个性，加上进进出出气质各异的青年学子，是这一带最有情调的文化风景。这几年大概受网络书店的冲击，五道口地带的小书店关得最多，我举的后面几家书店都不见了。就连在五道口核心地带的光合作用书店，也抵挡不住房租高企和纸质书销售量的下滑，前年悄然落幕。现在还在的女性书店雨枫久经风霜，靠成府路的门面已经看不到了，保留的侧门贴着纸条，敬告读者此地是非公开的会员制书店；豆瓣没有倒，不过店内的黑，更像是一个隐喻，能体味到实体书店寒冬的况味。紧挨着豆瓣的墨盒子是家蛮有品位的童书馆，二楼有一个放映室，充满了童真的环境，竟吸引好多清华北大男女学生跑去谈恋爱。墨盒子还在，但已经成为儿童训练班之类的场所。细想这样理想色彩浓重的书馆，此时此地为生存改变初衷实在也属正常。唯独万圣书园还是元气尚存的中年人，历久弥坚，守着五道口书香的尊严。

去年或更早些时候，画家韩朝有一次跟我说五道口王庄路开了一家新书店，我很好奇，便相约在那家书店见面。到那里，发觉有点惊讶，在实体书店纷纷败走的今天，三联书店在五道口开了新店，算是五道口书店里的异数。

　　相对于万圣书园，三联五道口店只能算是一家有规模的普通书店，主推三联版图书，兼营其他出版社图书，书蛮时尚的，适合学生和白领口味，不像万圣书园强调学术性和专业性，也不像三联王府井店容量大。但有书店的地方，就有读书人聚集，这里自然成了读书人的乐地。

　　五道口店的特点也是明显的。比如这家书店配套有咖啡屋，供读者喝茶聊天，品质不错；二十四小时全营业的；书店还保留着许多年前有些书店流行过的模式，在店堂内为读者设座。很多书店因为那些为读者留的座位，后来成为某些人的专座，失去了它的存在价值，纷纷取消。我不清楚这家书店今后是否会步那些书店的后尘？

　　最近为送一个朋友到地铁十三号线五道口站，又一次踏进这家书店，见到为读者设置的座位仍在，但不幸变为一些大学生的课外"教室"。我在惋惜的同时，也钦佩书店的坚守，毕竟是商业化运行的书店，这样做不容易。它现在的存在表明了一种态度，在这种意义上，似乎该为三联五道口店坚持的理念点赞。

　　每次路过王庄路，总感慨不已，现实生活中，即使我们有再多的信息渠道，仍然没法替代书店的价值，书店不挣钱，但人们还需要书店。想到十年前甚至更早些年存在于此的地摊书市，那些有太阳的晴天或者没太阳的阴天，淘书客们不顾车来车往尘土飞扬，蹲在那儿翻拣旧书与摊主讨价还价……有时半天没有收获，还是乐滋滋的。随着五道口商圈一轮又一轮的改造，大楼越来越多，书摊终于消失在人们的视线之外。落寞的同时，更多的是感慨和无奈。

书店的开关，原本如人来人往，再正常不过了。不过五道口大批书店的消失，比我们想象来得更快更猛烈，没等我们有反应，就一个个不见了。当我们每天行色匆匆经过五道口，似乎也很少顾及书店的存在，以前还会在书报摊前停留片刻，买一份报纸或一本杂志，现在也适应了有事没事低头看手机的生活。

我不知道和我们渐行渐远的书店，是不是慢慢将成为记忆里的一个"故人"？

二〇一六年九月二十六日，于北京蓝旗营小区

写字的兴趣

——吴小如学书自述

二〇一〇年初秋，我给北京大学的吴小如先生写信，向他了解在青少年时的学书经历。起因是早先我读到一些老文化人幼时接受书法教育的回忆文字，比如晚年以书法闻名的张充和女士，其父给她请的塾师是精研说文的朱谟钦，张充和的习字从识字和临摹开始。另外，史学家周一良先生专门讲到其父周叔弢一九二二年为他开过一张单子，列有详细的字学内容：汉碑额十字（每日写），说文五十字（每周一、三、五写），须有先生略微讲音训。黄庭经（每周二、四、六）先用油纸影写二月。这份课表中的习字内容，可以看成二十世纪士绅家庭书法教育的一个缩影。大致的情形是"识字"和"习字"并行的，习字又分勾摹和对临。我感兴趣的是那个时候士绅阶层用于少儿书法教育的方法，对今天是不是还有用？

我跟吴先生求教的另一个原因，是他长期在高校任教，又勤于临池，是当代学人中的善书者，又出生在一个书法名家之家，他父亲吴玉如以写帖学一路有盛名，让吴先生谈谈学书过程和体会，可能对今天的书法学习有借鉴作用。

我的信九月十五日发出，当月二十二日就接到他的复函。移录如下（原信是口述打印的）：

吟方先生：来示敬悉，因去年患脑梗右手不能写字，故口述作答，尚祈原谅。

我幼时父亲曾命我写欧体和魏碑，但总写不好。父亲认为我"不是写字的材料"，我自己也没有信心。到上中学时，偶然取孙过庭《书谱》边认字边临摹，父亲认为"还可以一试"，接着又写《兰亭序》，照猫画虎而已。到高中毕业，偶然见到邓石如、赵之谦的楷书，加以临摹，居然钻进去了。可是从二十岁以后到四十岁以前，因为养家糊口，荒废了近二十年没有拿毛笔。在北大中文系有一位比我小一岁的调干学生，喜欢写字，常来找我闲谈，他说："我自问天赋和功底没有先生好，但我始终没有放弃每天习字。先生二十年不动笔，太可惜了！我劝先生还是坚持练字。如果您这二十年不荒废，至少写出来的字，比今天要好。"我听了以后很受感动，是这位同学鼓励我再树信心，于是重新写毛笔字，直到去年生病为止。这就是我学习书法的过程。我认为，由家长订"课程表"不一定能练好字，主要的还靠自愿和有无信心。我今天写出来的字是我四十以后始终不间断的成果。受父亲的影响，所谓"耳濡目染"，以及写字的技法和知识，当然比别人"近水楼台"，但自己的兴趣和决心是首位的。

承不弃，故以实相告，每每自悔如果那二十年也像后来那样用功，成就必更可观。现因右手不能握管，看来我的书法也就到此为止了。这是不以个人的意志为转移的，后悔也没有用。

专此敬覆，即颂

节日快乐！

吴小如

庚寅中秋

吴先生回复我的信，大出我的意料。

他明确说志学之年，没有按照通常的路子走。举例说曾衔父命临摹过欧体和魏体，效果不理想。到上中学，偶然拿孙过庭《书谱》来临摹，一发而中，也得到书家父亲的认可。接下来又写《兰亭序》。须知这两种是行草书，从行草书获得写字的兴味已非常规途径可言。再后才回过来临写楷书，临摹的对象不是魏晋唐碑，竟是晚近的邓石如、赵之谦，也出乎人意外。但吴先生自述的学书过程就是这样的。他在信的末尾着重谈到"兴趣"和"信心"，认为这是书功以外最重要的因素，他自己一生两个阶段的学书历程就是以兴趣作为引领的。

事实上，吴小如对书法下过极深的功夫。天津古籍出版社二〇一一年出版的《吴小如书法选》，最后一部分收录吴先生历年写的碑拓题记。从题记文字可知，其对碑帖的涉及极广。汉碑中《乙瑛碑》《曹全碑》《华山碑》《史晨》《礼器》《石门铭》等，皆曾临习且有卓见。章草则临过《月仪帖》《出师颂》。又特别倾心魏晋唐碑，如《司马景和志》《高湛志》《苏孝慈志》《张黑女志》《伊阙佛龛碑》《雁塔圣教序》《信行禅师碑》《孟法师碑》《房梁公碑》《云麾将军碑》《陶忠志》《启法寺碑》《九成宫醴泉铭》等碑志用力特多，做过深入的研讨，故对诸家都有体验。行草则专力于《兰亭序》与《书谱》，这被吴先生认为是找到书法入门兴趣的二帖，即使成年后依然不时临习。对于宋以来的名家手迹也颇多留心，如文徵明、王铎等手帖的揣摩。可见吴先生兴趣广泛，转益多师，博采众长，在取法上并不限一派一家。值得提出来的还有他对邓石如、赵之谦二家的偏爱，这是被吴先生视为得书法门径的两位书家，两家的有些用笔特征伴随其一生的书写。

对于临摹，吴小如也有自己的看法。他在跋《临明文徵明书〈赤壁赋〉》卷提出："临摹古人书，有三不可：浑不似古人，一不可也；无临摹者己之风貌，二不可也；所临摹之书，不能去粗取精，并古人之病痛亦一一仿而肖之，三不可也。己之所书，不能无病，以己书之病益以古人之病而不自知，反以为己书已超越古人，于是书道绝矣。"

吴小如在这封信里没有涉及习字与"识字"和"知文"的问题，却在所写为数不多的与书法有关的文章里反复提到。如给齐冲天《书法论》写的序言，强调"窃以为倘无文字，即无书法，更无所谓书法艺术"。"夫文字本依附于语言。语言为人类交际之工具，自然有其含义。"这些话说得再明白不过了，遗憾的是今天的书法教育在"习字""识字"与"知文"上是脱节的。故在一九九〇年吴小如就对汉字形式化书写予以抨击："目前竟有人主张写字可不论上下文义，甚至只作点画而不求其成字形，是真数典忘祖，将末作本者矣。"

这几年，"做中国人，写一手好字"成为大家在不同场合热议的话题，这些话题也延伸到国民的书法教育。我们的忧虑是，人们提出的诸多推广书法教育的方案不在体制之内，还有就是目前的语文教育与书法教育在"识字"上不配套。具体到细节上，即使将书法作为通识教育的一环，入门范本的指定和选择，在设置上是不是预留兴趣的空间，这也是值得思量的问题。吴小如先生这封自述学书经历的信，对今后书法教育的设计者、参与者和关注者是有启发的。

二〇一七年四月二日，于北京仰山桥畔

钱锺书的自用印

最近，北京"三联"出版钱先生著作珍藏版，出版社从杨绛先生那里借来三方钱先生生前的自用印，制作藏书票。笔者有幸在"三联"看到三方曾为一代学术大师钱锺书摩挲过的印章，印文内容为：钱锺书、默存、槐聚。其中二方常见于钱先生的墨迹。

三方印章中，"默存"是钱先生用得最多也是最喜爱的一方。从已发表的钱先生墨迹中知道，钱先生喜欢把"默存"与另一方风格一致的"钱锺书印"用作对章。这方印章的印文结构流畅，笔画安排疏密停当，印风虽属婉丽一路，印格却称老健，与"钱锺书印"合用，朱白对比，自然和谐，流露出一种金石情韵。与钱先生晚岁溯源于二王，又合于东坡丰腴的手书相当协调。小字上用大印，也别存趣味。"默存"一印印面不小，三厘米见方，边款刻"默存夫子　受业乔亿谨奉　戈革治印"。该印作者戈革不是篆刻界人士，他是中国石油大学的教授，一九二二年出生，河北献县人，先后就学于北大、清华，自号拜鞠庐，我国著名的科技史家。戈革以翻译盛名，译著有《尼尔斯·玻尔集》，获得过丹麦女王授予的"丹麦国旗骑士勋章"。通晓诗书画印的他，还是一位超级"金庸迷"，写有读金专著。此印为戈革受乔仫委托所作。印章未署年月，考察钱先生的墨迹，此印八十年代已在钤用，可以肯定印章的刻制不是近十年间的事。第二方"钱锺书"。这是当代篆刻名家钱君匋八十六岁（即一九九二年）的作品。钱君匋晚年的篆刻有一些是由学生代刀，这一方印的刻痕已脱去他古稀前后治印的锋芒，显得沉稳，应是他的晚年真笔。一九九四年上海"人美"给钱君匋出版过一本《钱刻文艺家印存》。笔者手头无此书，无法核查该印是否被收录。此印钱锺书生前不常用。仅见钱锺书为"三联"版杨绛《杂忆与杂写》一书题笺用过此印。这次"三联"特选该印，大概缘于钱君匋在当代文艺界的显赫名声，一位艺坛名人为另一位学界名人治印，的确意义不凡。第三方"槐聚"，印侧单款，刻"福庵"。按刻款，作者是"王福庵"（一八八〇——一九六〇，浙江杭州人，西泠印社创始人之一）。但"福庵"两字却由单刀隶书刻成，和习见的王福庵印款有些距离。不过就印面的总体风格而论，刻法、布局及趣味还都在王印的范围里。钱先生的诗笺常见这方印章体密工秀的身影。

二〇〇二年一月二十三日，于清晏堂

上海书坛那个『采露』的人

　　六月二十七日下午，赵冷月书法展在中国美术馆盛大开幕。当天我没有赶去看展览，据友人微信上发布的图片，现场人潮涌动，观众如堵。一弧冷月，哪里想得到，身后的展览有那么多人站在他作品前面。展题"海上明月"显然紧扣"海派书家"和"冷月"两个关键词。这轮已经是过去的月色，不再是"海上生明月"。"冷月无声"，它孤寂地映照书坛，发出幽淡的清光。

　　展览开幕后的第三天下午，我冒雨赶到美术馆。空旷的展厅只有三五个观众。展厅里陈列着不同时期的赵冷月的书法作品，面目多变。目睹那些沐浴岁月风尘的作品，仿佛时光倒流，重新回到那个激荡的时代，赵冷月一个人的作品集合了那个时代众多书家的追寻，写满了一个书法家的梦想、彷徨和坚守。

　　在我的印象里，赵冷月是上海书坛的名手，他的书名，尤其是在二十世纪八十年代后期的广为人知，都和他晚年变法有关。他的探索性书法，让大家知道上海有个赵冷月。在做探索性书法之前，赵冷月曾写得一手符合传统书法审美标准的行草书，带着颜书的体格，又羼入些北碑的笔致，写得古拙厚重。按现在流行的说法他是实力派书家，写得多写得勤，是那个时代上海真正活跃在第一线的书家。只是很可惜，此次展览这类作品太少了。其实要评说赵冷月一生，这类作品难以避开。

二十世纪七八十年代，上海还是中国书法的重镇，老一辈中还有刘海粟、谢稚柳、顾廷龙、王蘧常、钱君匋等。由于这些老书家的存在，上海的书法水平依然维持在一个高水准上。与这些同时代的大手笔相比，赵冷月也许不是第一流书家，尽管在上海提起他，大家都知道。但他的尴尬也显而易见，我有时想，如果他不变法，一直是传统类风格，人们会记得住他吗？是什么促使他在古稀之年走上变法之路，而且为此倾心投入，最后甚至有点奋不顾身？

良宽是赵冷月书法变化过程中极有情致的一环。吸收良宽手写体的书写节奏，书风变得灵幻，天趣逼人，而且这是赵冷月刚刚脱离前一种拙涩的写法，笔致中还含有涩疾的意味，整体看来灵动顾盼，风姿卓然，此时的作品真有点左右逢源的感觉，应该是赵冷月一生中最曼妙的一个时期。展览中陈列这一时期的作品大多极好，耐看，趣足，书意上有明显的放松之感。展品中有一个写李白诗的长卷，尤其出色。谢稚柳给了四个字评价"平淡天真"，程十发、钱君匋各戏题一首。程诗：冷月先生笔法奇，上亲魏晋古书简；偶然落墨不经意，山中花发水流硎。墨书李白诗一篇,似乎书亦唐时人。烂漫天真万古奇,如超清风俗尘洗。钱君匋赠诗:"豪华落尽见苍芜,俗状尘容一扫无。赵沈李于谁可继?禾中闪烁有狂夫。"钱君匋更以"狂夫"视冷月,不知是指赵冷月书风转变的魄力,还是单指这个手卷显示的烂漫?耐人寻味的措辞,似乎都落在"平淡天真"上。这件冷月自珍并且写有三位海上墨苑领袖人物评语的卷子,给出的该是当时同行有代表性的评价。

赵冷月那个阶段的用笔已出现一些变化,比如捺笔不再表现为厚重有收束的一笔,此际改为拖笔,线条是飞扬飘忽的。

八十年代中期,美术界出现"八五"新潮,书法界也在萌动。中青年书家们身处新旧交替的时代,有着强烈的变革愿望,希望以此来冲破传统模式下的书法创作情境,能够写出一点自己的面貌来。而日本现代书法来华展出以及后来上海书画出版社《日本现代书法》一书的翻译出版,给中国书家提供了一个新的参考坐标。赵冷月的古稀变法可能也有这样的背景。日本书家形式上的新鲜感触动了他。另外,海派书家固然有重技术性的一面,但也还有喜欢出新的一面。赵冷月和上海画家关良、来楚生、程十发、朱屺瞻都有接触,有些甚至关系非常好,如给关良刻过印章,他自己的印章很多出自来楚生之手,"朋友圈"中多求新之士,赵冷月求变的逻辑似乎非常自然。唯一让大家惊异的是,恐怕大家都没有想到,赵冷月变法的步子迈得那么大,以至于同行还没有足够的心理准备,他的现代书法就出来了。诚然,赵冷月最初介入现代书法创作并没有离开传统多远，开始只是把字写得更自由烂漫放松些，但很快人们便发现赵冷月的创作出现放弃技术的倾向，散锋、笔画分叉时时可见，挑战的不仅是写法，还有看惯了传统书法的眼球。上海同行对其变法发出猛烈的批评，有人甚至援用康有为评价郑板桥的"欲变不知变"来形容赵冷月，表达对他以变法的名义解构书法审美秩序的不满。

在遭遇批评的同时，赵冷月意外地获得上海以及上海以外很多年轻书家的喜爱和支持。

对这两种截然不同的评介，相信赵冷月冷暖自知。他不是传统书法的门外汉，相反，他花过很大的工夫摹习简牍帛书、汉碑隶书和北朝书法，他的行书貌不惊人，但凡是看过的人都不会说他不懂书法。问题就在于这里，从传统书法出发的赵冷月走上了现代书法之路，虽然选择的路向无可非议，但他的实践表明，创新或变法极其不易，完全破坏以往的审美与书写秩序，那么何必以书法名之。

当过去二三十年后我们再来回望赵冷月，仍旧佩服他的勇气，但也不得不承认，赵冷月的求变心太迫切了，以至于在技术和形式还未做好充分准备的情况下，匆匆提笔上阵，尽管留下了一些有意味的作品，绝大部分则只是实验意义上的尝试，或许它留下的刻度只在于未来。赵冷月清醒也智慧，他把自己的书斋命名为"缺圆斋"，既暗切名字冷月，大概也表明对艺术追求的一种态度，追求圆满，但难免缺陷，圆和缺这一对立统一关系，循环往复至于无穷。

我注意到这次出席赵冷月书展开幕式的一些书家，如沃兴华、刘正成、何应辉、邵岩等，大约都是当年赵冷月的赞同者，这些已经不年轻的书家如今乘赵冷月书展聚拢在一起，谈论赵冷月的书艺，有对昔日激情岁月的缅怀，更是创新派书家的嘉年华。或者他们的出现与赵冷月书展没有直接的关联，恰恰是同一批人的聚合，暗示赵冷月身后还在延续的影响力。

漫步在展厅，我试图在展品中寻找一点赵冷月书家身份外的信息。在赵冷月大字作品"凝露"前，我发现他和同乡嘉兴籍美术史家沈侗楼的交往。沈是王蘧常的学生，曾在八十年代中期与时任中国美术家协会主席江丰就中国画问题有过一场论战。"凝露"这件作品揭出赵冷月和沈侗楼年轻时组过"凝露艺友社"，题跋文字还提到侗楼写给赵冷月的一首七绝："三十年来弃置身，不期头白又相亲。西泠明月南湖水，谁个笼鹅换字人。"这件作品的题跋文字无关赵冷月书法评介，却让人们看到这位嘉兴籍书家年轻时的梦想。"凝露"是凝结的露珠，艺术家求艺也像采露人，这是赵冷月年轻时的志向。他采到了梦想中的露珠吗？

百年冷月，好一个"采露人"！

二〇一五年七月四日

附识：拙文写成后，曾传刘涛先生征求意见，他回复我的邮件有这样一段话：赵的晚年"创新"之作，"搞"法恐怕是"新"于他的过去，而非独立于世之"新"。他走上这条路，是审美观念受时风影响所致，还是受"晚年变法"之说的影响而试验，或是一种书写策略？抛弃旧我勇气可嘉，趋从时风亦是俊杰，成就如何则难说。战后日本现代书法像座大山横亘于前，赵无力翻过这座山。此外，卢为峰先生提供了一条他亲历的史料。"一九八六年秋，曾与周退老（周退密）趋上海宛平路谒蘧老（王蘧常），谈及沪上书坛人物时，蘧老说，同乡赵某不读书，腹无墨水，根本没有求变的本钱。"当代艺术评论在对待评论对象时，不同程度上存在着忽视被评对象的历史背景，游离或任意发挥阐述的现象。这些反馈意见，代表不同观察立场者的看法，剔去其价值评判，值得关注当代书法艺术发展进程的同好留意思考。

『书生』『草圣』之间
——《林散之年谱》读后

　　传统的人物研究，往往是从做人物年表或年谱开始。这个看似简单的工作，实际上不是单纯的收集资料，还包括对资料的选择考证排比。有人认为做年谱只要有足够的耐心就可以，殊不知面对众多资料，最能考验作者的眼光见识和能力。

　　林散之是二十世纪后五十年中国书坛最重要的书家之一，有关他的作品集、传记和艺谈类书籍已出版了不下几十种，林散之研究，也逐渐成为书坛的一个热门。就笔者过目的相关撰述，牵涉到林散之艺术经历的某些关键点仍有发掘的余地。林散之是从民国过来的那辈人，许多材料由于人为或非人为的原因湮没在历史风尘中，这就需要研究者花工夫搜寻发现。早前就听说林散之故交邵子退之孙邵川正在做《林散之年谱》，作为林散之爱好者，非常期待有一本出处翔实的林谱，清楚地交代林散之每个阶段的情况。最近，《林散之年谱》正式出版，等待了那么长时间，终于看到了一部材料翔实可信度高的林谱。

邵川的《林散之年谱》征引了大量的第一手材料，其中最有价值的莫过于林散之写给邵子退的书信。林散之与邵子退是从小到老的朋友，保持了数十年的友谊，是林散之平生最重要的友人，这些材料内容丰富，出自传主之手，又是首次公布，其珍贵程度可想而知。其次，广泛采集与林散之有交集的当事人的口述。再次，不遗余力搜求公私收藏的林散之佚文佚诗及相关的材料，使得建立在丰厚材料基础上的林谱，在传达林散之及其事迹上，不光可信度高，而且还有还原精确的特点。以往林散之从师黄宾虹的文献只是摘录性的呈现，这次，邵川将"浙博"所藏的林散之致黄宾虹手札提出，透露了林散之从学宾虹的一些真实状况，除了进修艺术，还别有怀抱，如出版山水画谱、希望通过宾虹的推荐获得艺术专业职位等。一九二三年和一九二四年林散之已经在《神州吉光集》第五期、第七期发表书画作品及润例小传。其间还着手编纂《山水类编》，迟至一九二九年才由同乡前辈张栗庵之介，林散之得以向黄宾虹请教。一九三〇年林散之赴上海，追随黄宾虹将近一年。林散之当年的情形，很像现在的"北漂"艺术家，希望在大上海有所成就，但除了能够得到宾虹的具体指导外，其他的期待收获有限，或说没有达到林的预期。邵川在林谱中收录的林散之在新中国成立前后与黄宾虹的通信，对于考察二十世纪三十年代至一九五〇年林散之的艺术与生活，提供了新的研究背景，这些文献的析出，加上已知的其他信息，为我们勾勒出在那个时代背景下的"书生"林散之，面对现实生活和艺术理想的另一面。

　　一九七〇年前后是林散之研究的一个重点。林散之早有名声，但在高手如林的江苏艺坛，表现并不突出。一九七二年是个分水岭，此后林散之的情况完全不同，成为江苏艺术界的一块牌子。这中间的转捩，源于中日恢复邦交后，北京《人民中国》杂志组织的那次书法外宣推广活动。是谁最先推荐了林散之？目前流传的说法有多个版本，邵川通过对原始材料和当事人的实录文字的梳理，基本廓清了事实。其中的关键人物有《人民中国》杂志编辑韩瀚、新华日报社编辑田原及江苏国画院的亚明。参与那期"中国现代书法作品选"评定的有郭沫若、赵朴初、启功、顿立夫等人，由于这些名流的共同好评，林散之一下子腾声艺林，也引来后来老干部群体和全国范围内书法爱好者的追捧。整个七十年代林散之备受关注，一九七三年应外事机关之邀，为日本首相田中角荣写字。同年，日本书道访华团来华，指名要见林散之。以后日本书道访华团到中国，林散之是日本书家必见的人物。也由于一艺之成，晚年的林散之受到极大的礼遇，被选为全国政协委员。邵川在林谱中引用林散之写给邵子退的信，带有实录性质。其中与名流过往的内容，记录了林散之与当今名流周旋的点滴，既是掌故，又是史料，从中也可看到士林对林散之的尊崇。林自述："余今年以来，血压偏高，头目昏晕，而求字者仍是纷纷不绝，真无可奈何。于五月间即乘机至北一游，借作避债。在京由亚明等人介绍，京中首长数人联络旅宿小车等事。我是住在民族饭店，每天八元，我真有点害怕，这次玩一趟，用了三百多元，虽是报销，于心不忍。所以赶快回来。""余这次见到赵朴初、启功、军政界政委以上数人，都是书画迷，每天出车，都是他们派小车来，真是热情。""赵老记忆力很强，当吴作人面，将我的诗能背诵二十多首。"（一九七五年九月五日林散之致邵子退）二十世纪七十年代中至二十世纪八十年代初，书画界流行书画家的"三白"，所谓的"三白"就是"白吃白住白画或白写"。林散之给友人的书信印证了这种说法，不过能够享受"三白"者，都是当代的大名家。

一九七八年新华社记者古平撰文首次对国内报道林散之。已有盛名的林散之当时对古平非常冷淡，认为她以采访为名要字。当他看到古平写的文章，马上转变态度。以后，古平差不多成了林散之的专用记者，还介绍古平去乌江采访邵子退，了解林散之中早期的情况。邵川引用林散之给邵子退书信："古平文学优秀，现任新华社记者，你可同他尽心谈谈，不要自高了。"话讲得直率没有遮掩，颇能反映林散之的性格，也看出林散之在与人交往中的态度，看重对象的才华，艺术家的风度跃然纸上。

林散之一生的交游不算广泛。早期结交的对象主要是乡贤，其中以黄宾虹对林散之影响最大。林散之和文化艺术界名流的较多交往，则在中晚期，如傅雷、胡小石、高二适、程小青、朱剑芒、范烟桥、周瘦鹃、余彤甫、唐圭璋、柴德赓、李进、费新我、蔡易庵、孙龙父等人。林散之和他们的交往，大都以传统的方式留下了诗词唱和。邵川利用这些材料，加上文本内容，对其中一些人物的订交时间重新作了考订。如林散之与高二适订交，《江上诗存》

记为"一九六二年",《林散之》一书记载是"一九六三年",通过核对林散之写给高二适的诗稿,发现失误出在释读上。当年林散之把"一九六六年"中第二个"六"用重复号来表达,导致后人释读上的误识。另一个证据是诗中有"七十见先生"句,一九六六年林散之恰好六十九岁,与诗中所说对应。纠正了长期以来存在的高林订交时间上的误会。

林谱中对林散之早期游记文字的钩沉、林散之之名来历及启用时间、旅沪居住地点、《江上诗存》的印行过程及版本等情况的考察屡见亮点,这些细节在林散之整体研究中不算太重要,但掌握这些情况,仍然有助于我们对林散之平生艺术经历的解读。

在阅读林谱时,笔者觉得在材料的呈现上,还有努力的空间。例如彭冲是林散之的伯乐,一九六二年时任江苏省委书记处书记的彭冲亲自过问林散之进国画院事。据亚明的回忆:彭冲曾找到亚明,说:"看是不是进画院?"亚明说:"他是个县长。"彭答:"啊,县长照当,画家照做的,到你这儿。"据林谱记载直至一九六六年林散之还被选为江浦的副县长。林散之担任江浦副县长从一九五〇年初一直延续到六十年代,这种特殊情况应该和江苏省有关领导的关照有关。但目前这部分材料处于遮蔽的状态,致使我们讨论林散之时,只能游离于特殊政治的生态之外。

师承关系一项,林散之与黄宾虹现存最晚的材料是一九五〇年,为林散之写给宾翁的信。一九五五年黄宾虹去世,其间没有林散之与宾翁互动的信息,这些缺项是材料被毁还是期间中断了?这是林黄关系中值得留意的问题。

传承方面，王冬龄是林散之门下的优秀弟子。这位现在以现场巨幅书写闻名的书法家，当年考入"浙美"书法专业，据说曾得到林散之的帮助，林曾亲笔致函陆维钊、沙孟海。邵川采纳了大量的当事人口述，却未见林谱对王冬龄的采访，多少让人有点缺憾。

林散之和胡小石、高二适、萧娴享有"金陵四老"之誉，林散之和萧娴是"金陵四老"中仅存的经历过"文革"后书法热的"二老"，但林谱中独少林散之与萧娴的交往记录，是材料本来就缺乏还是为年谱作者所忽略了？

听说邵川已在着手《林散之年谱》的增补修订工作。作为读者，期待林谱日后的增订版，把档案也纳入年谱的范围，相信随着文献搜求视野的拓展，我们对于林散之的透视及其人物关系的认识会有新的飞跃。

二〇一六年九月三十日，于北京蓝旗营

齐白石父子的「工虫」

当故宫的"石渠宝笈"展成为时续性新闻话题时，同一个城市还有一个值得看的展览，团结湖畔的北京画院展览馆此刻正在展出"草间偷活——齐白石工笔草虫展"。由于新闻媒体的渲染，四面八方的观众涌向故宫，争睹据说要回库十年才能重新面世的《清明上河图》，上演故宫观展从未有过的"跑步拼速度，排队熬时长"的一幕。

相对于故宫的人山人海，北京画院展厅的白石草虫展显得安静，更适合静心观展。北京画院是国内藏白石真迹最多的机构，大多数作品来自白石后人的捐助。这几年"齐白石"是北京画院展览馆的"常客"，之所以这样，除了白石在艺坛尊崇的地位，也与他的丰富人生经历有关。关于他人生艺术的点滴，经过发酵，均能成为饶有趣味的话题。不过，眼下在北京画院的这个白石草虫展，并不是普通的白石画作陈列，而是白石去世后，第一次以工笔草虫为名的专题展。除馆藏外，许多作品借自中国美术馆、辽宁省博物馆和荣宝斋等公立机构，还有一些作品是国内重要的私人收藏，著名的如成交价过亿的"可惜无声"册。可以说在白石诸多展览中，这是一个不可忽略的展事。

艺术史界对于白石的"工虫"（这是白石自己对工笔草虫的名称）是这样看的：白石存世的工虫，大多创作于早中年，有些题作七八十后的作品，实际上是拿早中年存下来的作品，添加上阔笔花卉而成，并不能完全看成是晚年的作品。这是白石创作中非常奇特的现象。最近十多年来，艺术史界对此又有一些新看法，如指出传世的白石工笔草虫中，有部分作品出于白石三子齐子如之手。展览中有一本册页，白石阔笔写花卉，画面还有工笔草虫，册页钤有"子如画虫"一印，大概就是证据。

最早指出子如替白石代笔"工虫"的是马璧。这位民国时期的文化记者，一九四六年曾追随白石赴南京、上海办展，一路同行获得白石创作上的许多秘辛，在他后来撰写的文章里披露了这个秘密。缘于马璧在艺术圈的影响有限，加上他后来赴台，他的说法传播不广。当代艺术史家郎绍君可能受到马璧启发，曾就此展开做过研究，但也只限于理论层面的探讨，并未针对具体作品指出工虫在父子创作中的差异，只强调署名白石的工虫，包含了齐子如的贡献。这种说法符合事实，但无法在实例上更进一步作论证。

齐子如是白石的第三子（一九〇二——一九五五）。徐悲鸿评介：子如在白石子女中画得最好。白石也看重子如的才能，曾正面评说："如儿同居燕京七年，知画者无不知儿名。"

子如承家学，画风绝似其父，他又是陈半丁的弟子。当年白石与陈半丁有约，把各自的孩子送到对方门下学画。子如就此拜半丁为师，陈则把长子送到白石门下，结果子如学出来了，陈半丁的长子负名师弟子之名却未学成。齐子如一副好身手，可惜天不怜才，五十稍过一点就离开了人世。

白石对自家笔下的工虫，言语间常带相惜之意。一生作画，有许多画工虫的心得记录在题跋文字里。北京画院展出的展品中，至少有十来则与工虫有关的文字，现录出数则，以见其态度：

此册计有二十开，皆白石所画，未曾加花草，往后千万不必添加。即此一开一虫，最宜西厢词作者，谓不必续作，竟有好事者偏续之，果丑齐来。甲申秋八十四岁白石记。

余自少至老，不喜画工致，以为匠家作，非大叶尘枝，糊涂乱抹，不足恨意。学画五十年，唯四十岁时戏捉活虫写照，共得七虫，年将六十，宝辰先生见之欲余临，只可供知者一骂。弟璜记。

此虫须对物写生，不谨形似，无论名家匠家，不得大骂。熙二先生笑存。庚申三月十二日。弟齐璜白石老人并记。

画贝叶其细（甬力）之细，宜画得欲寻觅。老眼所为，只言大略耳。白石翁。此虫乃樊樊山先生所藏古月轩所画烟壶上之本。

历来画家所谓画人莫画手，余谓画虫之脚亦不易为，非提虫写生，不能有如此之工。白石。

客有求画工致虫者众，余昏隔雾，从今封笔矣。白石。

余往时喜旧纸，或得不洁之纸，愿画工虫藏之，今妙如女弟求画工虫，共寻六小页为赠，画后三十年二，庚午白石。

这些无心写出的文字，细细梳理，有这样几点值得注意：

白石明确指出工虫有独立的审美价值。他的工虫从写生观察而来，重视细节的表达。晚年示人的工虫，是早中年留下来的，补写花草并题款。六十以后"余昏隔雾，从今封笔矣"。从题跋文字还透露六十过后也画工虫，由于生理的原因，不能工，只言大略。这样，另一个问题似乎就凸显出来，白石六十后的工虫之作传世还不少，除早中年遗留下来的，还有一些工致的草虫怎么来的？齐子如的代笔就成了呼之欲出的问题。

现在，回过头再来谈白石父子的工虫。

署名白石或由子如代笔的工虫并不影响我们的日常欣赏。在一般人眼里，画面上出现的工虫是出于白石还是子如之手，不算特别重要的问题。原因是从画面上看，父子的差别并不明显，就连专门从事白石研究的专家也难以分清，遑论普通观众。但在艺术史家那里，这的确是不能不谈的问题。画家、作品以及师承关系是整个传统艺术史研究环节中的重点，如果连作品的归属都存在问题，还谈什么艺术史。在艺术市场，则又是另外一种情状，出于白石或子如，表面上看不出端倪，本质上的区别很大，原因无外乎白石的工虫价值要高于子如。

从版权的角度，白石是工虫的原创者，别人学他或按他的路子画，都可冠名于他。这个容易分清的问题，一旦转换到具体作品，大家的认识可能就会犹豫。白石是画他那路工虫的开拓者，既精于此道，也是画工虫程序的设计者；子如是他的爱子，独传他的画虫之法，如法炮制，虽非白石亲笔，实同亲笔。说得明白些，子如爱用白石发明的专利，原创是白石的，灵魂也是白石的，子如只是按规矩办事。再说子如传白石衣钵，这样的传承除子如没有第二人，而且又是白石认可的。这种情形下，把子如的工虫视同白石，于情于理，都不算过。

齐白石是二十世纪画坛留给后人话题最多的画家之一。他的为人为艺乃至围绕他作品生发的话题数不胜数。白石与其子和工虫的关系只是众多话题中不太引人注目的问题，把这个问题提出来，其意义显然比问题本身的意义更大，关联的不只是国画中的原创与非原创之争，还涉及怎样认识中国画创作中的类似事件。

二〇一五年十一月二日，于北京蓝旗营

卖字先生唐驼

唐驼是二十世纪三十年代上海有名的写市招的高手。和他同时的还有天台山农刘介玉（一八七八——一九三二）、马公愚（一八九〇——一九六九）。刘介玉学清道人李瑞清的魏碑，骨架峥嵘，结构比清道人还要夸张。马公愚的字则敦实厚道。三位写市招的高手，以唐驼最受欢迎。如今，上海那家以经营绸缎棉布闻名的老店"老介福"，店门口挂的金字招牌，还是唐驼当年写的那几个字，这是唐驼卖字生涯的处女作。

唐驼（一八七一——一九三八），谱名成烈，字孜权、曲人，江苏常州人。五岁时死了父亲，家贫，靠母亲洗衣为生。少年时发愤学书，每天鸡鸣即起，寒暑无间，刻苦研习，到青年时代练成一手带有柳字风采的"唐体"。由于他练字坐姿不正，背部突起，成了驼背。"人以驼呼我，我乃喜以驼应。"（唐驼《自述语》）辑有《兰蕙小史》。

唐驼写字上的才能，最先展露在为澄衷学堂写的课本上。叶澄衷是上海富商，也就是后来担任故宫博物院院长马衡的岳父。叶氏有感于年幼失学之苦，出资兴学。一九〇一年，以他名命名的澄忠学堂在上海建成开学。这是当时上海滩上最好的私立中学之一，蔡元培、丰子恺、王怀琪、陈虞汉、户于道等名人都曾在该校任教。开办当年，澄衷就编了一套《澄衷蒙学堂字课图说》，这套启蒙课本图文并茂，词浅意明，全书八册，四百零六页，两千多字，请唐驼书写。课本同年十月出版，各方反映良好，两年之内连续再版十次。据说，当时用仿宋铅字排印的课本，效果反不及唐驼的手写体。唐驼才试锋芒，就一炮打响。

早期上海的书局如文明书局、商务印刷馆见唐驼的手写体那么受欢迎，也延揽他写石印教科书，一时学童用的石印课本，十有七八出于唐驼手写，唐驼也凭着一手好字走进了出版界。

唐驼因善写课本出名与出版界结缘。他还是我国近现代印刷业的先驱。当年唐驼替书局书写课本，每回写完字模，喜欢跟工人商量，借以了解印刷流程与书写效果之间的关系。和这个行业打交道多了，深深感到中国的印刷业太落后，为了赶上发达国家的先进水平，他暂把正处于上峰时期的写字业务搁置一边，自己斥资东渡日本，留学进修印刷技术。唐驼由书写课本，到接触印刷业，他的身份也由书家转向印刷专家。因为他有这样的体验，后来就很重视印刷业年轻新进的培养。中国最早的名雕刻师沈逢吉，当年就是由唐驼送去日本的。一九四九年后任中国人民银行印刷局总工程师兼印技所所长的柳庆溥，二十年代也是受了唐驼的资助去欧洲留学的，并培养了以雕制民国中央银行孙中山头像而闻名世界的名雕刻家赵俊等四十余人。

三年后，唐驼从日本回国，与上海名绅李平书及当时还未晋身政界的山西富商孔祥熙共同创设中国图书公司，这是本世纪初中国最大的一家出版公司，唐驼任副经理。辛亥革命后，唐驼进入商务印刷馆，在那里主持碑帖画册的出版业务。一九一三年被中华书局请去当印刷所副所长。唐驼注意发达国家印刷产业的技术进展，在他任上，向日英德进口了当时最先进的印刷设备，位居同业之首。礼聘各国名师来华传艺。唐驼从小在私塾读孔孟之书，思想一点也不保守，他以发达国家为目标，以追赶第一流为务。中华书局后来的崛起以及侪身出版界的五强之列，其中就有唐驼挥洒的汗水。

总观唐驼的一生，两头与书法有关，壮年投身于出版界，专长是美术印刷，那时，卖字是副业。晚年的唐驼回到了他的老本行。一九三五年，鬻书业务太忙，终于辞去印刷所副所长之职，专司写字。

据说最忙的时候，他要雇专人替他掌管收发。手工磨墨不敷使用，就自己动手设计制作磨墨机。唐驼卖字生意之兴隆，由此可见。唐驼有《自述语》，记录他逐年卖字的收入："余之卖字，自老介福始，卖字之收入，第一年不及千金，次年增至一千五百金，又次年突增至三千金，又次年至三千二百金，第五年增至四千八百金矣。"在当时收入为沪上之冠。

柳伦撰写的《唐驼轶事》说："唐驼不仅为清雅人士

的厅堂书写对联、条幅、中堂、横披，替人书写名片、扇面、题象、题签、写书及册画等等，而且为当铺、神庙、寺观、里弄、门楣、墙界、码头、别墅、茶亭、桥梁、公所、院校等处书写招牌题名。三十年代后，国民党政府发行的纸币及邮票上的'中央银行''中华民国邮政'及上述票面四角图案中的'拾圆''叁分'等字样也都是唐驼所写。"

与实用书法相关的地方，都留下了唐驼的墨迹。许多人不知道唐驼，但不妨碍他们每天和唐字接触。三十年代唐驼的字又通过上海这个商业都会向外辐射，差不多成了上海世俗社会的一贴标签。

中华书局、大东书局、世界书局等出版机构的招牌由唐驼书写。

《孽海花》写成，曾孟朴请唐驼题写书名。此后很多出版物的书名由唐驼题签，唐题书签成了那个时代的读书界的一大时髦。

还有上海不计其数的弄里牌名出自唐驼之手。

有人说唐驼是民国时期四大写招牌的圣手之一。以唐驼字覆盖面之大，书写数量之多，传布之广，足以当之。

当同时代的书家还躲在古色古香的书斋吟诗读古文，以风雅自命的时候，唐驼就将新鲜事物引进自己的卖字生活。三十年代初上海报纸登过唐驼出重金租用飞机散发卖字润格（即卖字价目表）的新闻，开艺术家航发广告的先例。时至今天，唐驼的这个举动，还保持着领先的纪录，是中国空前绝后的一次商事广告。

说起唐驼的字，他在体格上没有多大的创造。从字的表面来看，唐驼还没有超脱柳字的规格，注意形体结构的匀整，注意每个笔画细节的表情，把字写得稳健，骨肉停匀，去掉了柳字的外张，增加了温和的情节。后来评价唐字的人都说他有柳氏风骨。在书法上唐驼取守势，和他的行事思想方式正好形成对比，一张一弛。

唐字的风行，推想是符合二十世纪初上海迅速崛起的市民阶层的口味。平实的形相下藏着干净利索的笔画，体面不失风度。精致老到，恭谨圆满，笔笔踏实，其字的四平八稳尤其与商道合辙，故当时上海市民阶层流行着"若要发财，请请驼背"这样的话。上海文史学者周退密也说："五十年前，海上列肆匾额多出其手，字皆正楷，大书深刻，特为醒目，合于阛阓所需，求者遂多。"在这个意义上，与其说是唐驼的成功，不如说是市民文化选择的成功。

旧上海的书法同行们对唐驼可不放在眼里，动辄就称唐驼为"写字匠"，不入赏鉴雅道。以圣人自居的康有为不用说了，浙江的版本学家、书法家张宗祥以不屑的口吻说"唐驼涂字"。"涂"是涂鸦的意思，引伸一下，大概指他不懂得什么是书法。显然，说者对唐驼持卑视的态度。

唐驼对同行们的不屑一顾倒不怎么在意，他照样写他的字。唐驼到虞山拜访萧退庵，就自称是"写字匠"，称萧为大书家。他请萧退庵刻印，恭恭敬敬奉上礼金。萧退庵给唐驼刻姓名章，《说文》里没有"驼"字，按常规用"佗"字代替，印章刻成，送去。唐驼退了回来，理由是我要刻的是"唐驼"，不是"唐佗"。"唐驼"是注册商标，唐驼很看重商标的价值，他维护自己的姓名权，走的是商场的规则。萧退庵遵循文字学的规则，彼此的标准不一样，难免要发生冲突。结果萧退庵这样答复："唐某人不想做人，执意要做畜牲，我不跟这样的人打交道。"

这是件小事，却可见唐驼的为人，自有他的原则。他的原则含有一点近代思想。民国的职业书家中，像唐驼那样，人进了民国，心态也跟着进入民国的大约并不多见。

按现在的说法，唐驼还是个慈善家，热心公益事业。他靠写字赢得声誉与财富，不忘回报社会。如鬻书兴学，创建常州安邦小学，让家乡贫苦家庭的孩子免费入学。又如恢复常州唐孝子祠、坊和祭享亭等，都是捐助自己的写字所得款项来成就的。

唐驼留下来的墨迹，除了他的招牌字，正正经经的就数一九二四年写的《孝弟祠记》了。这个唐孝弟祠，是唐驼用卖了一万副对联换的钱造起来的宗族祠堂，祠堂建成，请邑人钱振锽作祠记，自己执笔书写碑记。唐驼因此赢得"唐孝子"之称。这块碑记写于唐驼精力最充沛的壮年，是他的力作。写成，当年中华书局就印成字帖向外发行。二十年代左右唐驼还出过《武进唐驼习字帖》（中国图书公司版）和中华书局出的《唐驼习字帖》《育和堂记》（一九一七年），其中《育和堂记》和《孝弟祠记》再版重印过多次。

六十年多前，唐驼是上海滩上最当红的市招圣手。时至今日，他的名字已经很少有人提起了。除了拍卖会偶尔一见他的手书对联，墨迹已很少流传。唐驼去世后的四十多年后，受过唐驼提携资助的柳溥庆之子柳伦编过一套字帖，特意把唐驼编进去了，题名为《唐体孝弟祠记标准习字帖》。一代写招牌的圣手，凭着这本字帖在人世间留下一麟半爪。

　　抗战爆发第二年，唐驼病逝于上海，生前嘱咐家人，死后墓前立石，上刻"卖字先生唐驼之墓"。

一九九六年四月十九日

足下能许颉颃汉人否

　　二十世纪末徐生翁从一个久不为人所知的一方名家，突然走进当代书坛，成为大家熟知的人物。那时，书坛一个徐生翁，画坛一个陈子庄，他们成了艺林的传奇人物，令人瞩目。

　　当时大家有一种误解，以为徐生翁在他生活的年代局促一隅，寂寂无闻。实际情况正好相反，二十世纪二十年代中期他已被当时的艺坛目为名士。一九二六年出版的《中国现代金石书画家小传》第一集，载入徐生翁小传，称"大江南北，金称先生所作古木、幽花，自成馨逸，金石书画横绝千秋，前无古人，后无来者"。一九二八年王瞻民所辑，中华书局印行的《越中历代画人传》也收录徐生翁条目，而且是当时唯一两位健在的书画家之一，备极时誉。传曰："李徐，会稽人，性狷介，不妄与人交。善书法，以秦汉六朝之笔，运以己意，有耻与人同之意。画也高情迈俗，古拙可爱。"

二十世纪三十年代，徐生翁为无数江南名胜题额或书写长联。著名者，一九三一年为绍兴大禹陵窆石刻铭"民国二十一年一月，徐生翁题：会稽山万古，此石万古"。又题"窆石亭"额。一九三四年为杭州净慈禅寺书写长联，此联至今尚存大殿石柱。一九三五年为上虞曹娥庙书长联。一九三八年为绍兴鉴湖钟堰庙题额。为杭州岳庙大殿撰并题写的长联："名胜非藏纳之区，对此忠骸，可半废西湖祠墓；时势岂权奸能造，微公涅臂，有谁话南渡君臣"，更是广为称颂。

二十世纪三四十年代，徐生翁就是名满浙东的老书家了。虽然他的追求显得冷僻，大多数人无法理解，但是同时代的名士注意到这位绍兴籍书家的艺术特质。抗战爆发后，主持绍兴行署的国民政府官员贺扬灵就力挺徐生翁的艺术，尊徐为上宾。徐生翁也受到浙东艺术界同仁的尊敬，如国画家赵雪侯、沈红茶，词人朱秋农，名僧印西和尚，都看重徐的艺术，推盏把酒，话书论画，徐一直是绍兴艺术界的中心人物。

徐生翁流传于世的大部分精品就是送给这些朋友的。生翁弟子沈定庵如今还保留着一九三八年春天乃师和赵雪侯、沈红茶、印西等八人合作的《兰蕙图》，记录徐生翁作为东南名家活动的片断。同一时期胡兰成在文章中也谈道："李徐亦布衣，当代绍兴人，年六十余矣，非贵显，亦不往来贵显者之门，又远离沪上书家之互相标榜，其书名仅绍兴人知之，而绍兴人亦鲜有知书之精湛在沈康吴之上，而其博大雍容且在邓石如之上者。李徐字生翁，其人恂恂，诚朴长者。余学书三年，观李书而不知其佳，五年后始惊服。得李书数幅，悬挂壁上，配以康书，则康书见其犷，配以吴书，则吴书见其俗，配以沈书，则沈书见其拘。当择邓书之佳者，与陈抟书'开张天岸马，奇逸人中龙'十字配之。"（见一九四三年十月上海《人间》第一卷第四期）胡兰成的评述很大程度上揭示了徐生翁在当时艺术界的生存状况。胡兰成自述读徐字的感受，也是大多数人的直觉反应，徐生翁的字不好懂，甚至难以欣赏。一九四四年初夏，邓散木有感于徐生翁那手矫矫不群的书法，专程从大上海赶到古城绍兴拜访。邓散木和徐生翁会晤的详情现在已不得而知，但从邓散木返沪后在《新民报》上发表介绍徐生翁的文章来看，可探知狂士邓散木对徐的敬重。当时邓的老师萧退庵看了徐的书迹后，拍案叫绝，惊为"已入化境"。此外，邓散木的这次古越之行，也影响到他交友圈里一些艺术家的兴趣。如当时已在海上画坛崭露头角的中青年国画家唐云也求过徐生翁的书联。新中国成立后，国画大师黄宾虹在杭州看到徐生翁的字和画，惊叹叫绝，热情邀请徐生翁出山，到浙江美院任教。此外，一九五〇年担任浙江省文联主席、浙江文史馆馆长的宋云彬，也通过友人求得生翁的对联。

笔者胪列这些旧事，意欲说明，在区域艺坛享有盛誉的徐生翁，已被艺术圈的人物看好。然而可能是徐生翁的原因，他所追求的艺术与世俗意义上的"艺术"距离太过遥远；也可能是徐生翁所生存的社会原因，内忧外患的国情没有给他充分展露艺术成就的机会，即使有人叹赏看重，但他们并没有定于一尊的话语权，于是徐生翁艺术成就在相当长的时间里受到冷遇、闲置，不被人提起。尽管新中国成立后徐以艺术造诣被聘入浙江文史馆，享受国家给予的津贴，但是对年届耄耋的徐生翁来说，他的艺术并未得到应有的重视。

二十世纪四五十年代，江南艺术界精英对徐生翁艺术的关注，在徐生翁去世二十年后意外起了作用。改革开放的八十年代中后期，生翁弟子沈定庵著文推介乃师艺术时，由于引述四五十年代艺坛精英的评价，徐生翁在"书法热"和提倡"创新"的语境下重显书坛，进而成为书法圈里的热点人物，被书法大众推重、赞美，并被奉为二十世纪书坛的大师。徐生翁生前的"冷"与身后的"热"，似乎都源于社会背景的转换。

徐生翁留下来的作品并不多。大多数珍藏于其弟子沈定庵之手。其存世的墨迹，几乎都已披露发表。这里要介绍的三件徐生翁书札，是二十世纪三十年代至四十年代和国画家沈红茶的通信。据我所知，徐沈在那个时候的通信不止这些，这三通仅仅是他们的部分通信。受信者沈红茶（一九○二——一九八五）是浙江海宁人，曾在中央大学民众教育学院任教，抗战前出任杭州第三民众教育馆馆长，和国画家潘天寿、陆维钊、诸乐三、余任天为同时代画友。抗战初期流寓绍兴，受蔡元培影响，捐资创办子民美育院，任教授，后辗转天目山避居，担任过浙江通志馆编辑。一九四七年出版的中国第一本《中国美术年鉴》载录其小传，有《沈红茶画集》传世。沈红茶精于国画，画风静穆，以金石笔意入画，带有极浓郁的图案意味，在二十世纪三四十年代的浙江画坛享有盛誉。新中国成立后由于历史原因被剥夺作画权利，遂致画名隐没不显。

　　这三通徐生翁书简的具体写作时间，目前已无法确认。依据保留下来的信封邮戳，大致可判断写于一九三四年至一九四五年之间。三通书信的原文移录如下：

一

红茶仁兄惠察：

　　两承手尺并赐山水画四帧，意格高简，珍获奚啻拱璧！感谢感谢！属作邮奉小楷帖一件，本拟作一画，以碌碌少意趣，俟他日为之。专复。

　　并颂

吉羊！

弟徐生翁
六月廿五日

二

红茶仁兄惠察：

　　春初惠书，备荷奖饰，愧难克承，时日弗居，倏忽中复怅惘怅惘。拙画一、楹联一邮奉，希察收。长夏颇作诗画否？有暇幸时赐音。

　　并颂

迈吉！

弟徐生翁上
六月廿一日

三

红茶仁兄：

数年不晤，辱书。得悉勒定多豫，深慰驰系。生翁百忧薰心，日为饥饿挣扎，精力益颓，惟书画差有进境耳。属作画册二叶，意颇自好，足下能许颉颃汉人否？函达赐复，不宣。

弟徐生翁上复

六月廿四日画册二附

目前所见有关徐生翁的史料，除了作品，对其生活状态的记录并不多，这三通书信涉及与友人"书画赠答""激赏评价"和"生活现状记录"的话题，特别值得注意的是第三通书信，透露了抗战期间徐生翁有关生存处境，至少传达了以下几点信息：徐生翁与沈红茶是旧识同道。徐当时的生活境况颇潦倒，故书简中有"日为饥饿挣扎，精力益颓"之语。不过徐生翁引以为豪的是在书画上有不小的进展，他对自己的艺术创作流露的神情是满意的，并希望得到老朋友的首肯。这封短柬和现在已发表的徐生翁书简不太一样，不能看成是一封泛泛的应酬性书简。

徐生翁在《我学书画》一文中说："我学书画，不欲专从碑帖古画中寻求资粮，笔法材料多数还是从各种事物中若木工之运斤，泥水工之垩壁，石工之锤石，或诗歌、音乐及自然间一切动静中取得之。"他与沈红茶的这封信中，恰恰有"足下能许颉颃汉人否"云云，明确表达了作者在艺术创作上的取向，希望突破中国精英艺术体系的界限，有向精英体系外的"民间"学习的意味。徐生翁的这种艺术立场与晚清兴起的艺术思潮有相近之处，也应合"五四"以来学术界精英走向民间的"采风"运动。沈红茶一生的身份在民众教育家及画家之间转换，或许也是这种因素。徐生翁在书信里的表达，含有期待相知者的同声呼应，自然也有互勉之意。从措辞看，作者把受信者视为知己。沈红茶晚年在日记里以"笔笔顿挫，笔笔转折，苍茫高古"赞赏老友生翁，当出于至诚。

徐生翁这位具有创造性的艺术家，在信中也流露出孤寂的心情。在漫漫艺途上，知己者寥寥，所以作者也难得有这样推心置腹的感情表白。透视徐生翁的艺术创作，这是难得的史料。

（徐生翁，一八七五—一九六四，浙江绍兴人。早年姓李，名徐，号生翁。中年署名李生翁，晚年复姓徐，仍号生翁。新中国成立后曾任浙江省文史馆馆员。）

二〇〇四年八月二日

黄裳题记墨迹

题曲

马得戏画

吟方同志：

三月廿一来札敬悉。藏书票是从西方传入的形式，但在我国传入的具体日期，倒不清楚。我是1935年开始刻藏书票，但也不好自认为是书票创作之开端，大概在历史上凡是某些事物，常是渐进，很难说是由某人某事引起的。在欧洲藏书票出现之前，也许有人用笔画藏书票；在中国藏书票未出现以前，也可能有人用外国传来的藏书票。这些历史探究让专家去考证吧，我无法回答了。在宋朝，郑振铎、郭沫若是否用过藏书票，或有否介绍藏书票的文字，我不知道，但叶灵凤是随藏书票的收集家，早在香港去世了，他生平收集到的外国藏书票的一部分，我曾看到过，他也能画画，但不是版画家，恐怕他也未自画过藏书票亦未可定。北京现有《中国版画藏书票研究会》，负责人是梁栋，通讯址是北京中央美术学院版画系。写了字一幅附寄。此候

时安

李桦 二月九日

田遨词笺

吟方先生

示悉尊年壽及亡書近作文字文債
束東價食主之 祿祈芸 喁塗
稍以将呈 正 大著已掛讀歐陽
中石難与 先君書逼涇室書實自成
一體如兄腹知間

小如上 丙戌滿後

吳小如手札

心即是佛或以為佛小而
佛在人心中豈不大哉

言神子似小
生說
天下不易
此生之大罪

苓若兄一咲

刘涛书笺

钱君匋与李凌四札

　　钱君匋（一九〇六——一九九八）在当代文化艺林中，是个不可多得的多面手。有人曾经统计过，他名下有不下十来个头衔，如编辑出版、书籍装帧、绘画、书法、篆刻、音乐创作、随笔写作、艺术史研究以及收藏方面等，大约都成立，有些门类还有突出的成就。不过，可能是钱君匋在书法篆刻方面的影响太大，他在某些方面的才能被忽略或者遮蔽，比如钱君匋在音乐方面的成就就很少为人提及。其实，检点钱君匋的平生，他一生与音乐的关系不可谓不密切。一九二五年钱君匋在上海艺术师范毕业后，随即担任浙江省立六中的音乐教师，开始其音乐创作之路。同时在杭州组织"春蜂乐会"，出版过《摘花》《金梦》《夜曲》等抒情歌曲集，编写过不少中小学音乐教科书。在其漫长的编辑生涯中，钱君匋先后担任过新音乐出版社总编辑和人民音乐出版社副总编辑。"文革"时期，又和上海老音乐家贺绿汀、丁善德、钱仁康等人一同被划为音乐界著名的"黑帮"。这些记录，足见"音乐"一项在钱君匋文艺生活中的位置。但是，在我们已知的信息中，钱君匋与音乐界人士的往来并不多。丰子恺是钱君匋的老师，亦是他音乐创作上的领路人，他们的交往自不必说。除了丰子恺，笔者见过钱君匋和贺绿汀的往来书信，或可见证钱君匋和音乐界的关系。最近，笔者见到钱君匋和中央乐团团长、原中国音协副主席李凌的四通信札，尽管信的内容与音乐无关，但这些书信的发出者和收受者都是音乐家，佐证了钱君匋与音乐界一直以来保持的良好关系。书信的内容围绕当代篆刻创作以及篆刻家展开，借此可透视一位专业音乐家和另一位多艺多才兼职音乐家晚年共同的兴趣，书信也扩大了我们的认识视野，有助于我们还原一个真实多面的钱君匋。

一

李凌同志：

昨复一信忘记答复一事，兹补如次：黄士陵，字牧甫，清光绪时人，与吴昌硕齐名。金拱北，久居北京，民初画家。张庄，不知。王广福、黄文宽亦不知。何天喜，为现代人，居广州，其父亦善刻印。以上诸人均非上海者。上海有叶露渊、钱瘦铁、陈巨来、来楚生、吴朴、单晓天、方去疾、王个簃、高式熊等人，均能自成一家，可以各拓一份欣赏，当由弟办到。其余画家书家亦当择著者为拓不误。专此

即颂

夏安！

弟君匋手上
五月十六日

二

李凌同志：

学院二十二日结束回家，第二天即病，至今尚未能步行也。附下齐老印样甚好，惜钤拓颇不理想，候日后弟来京时带来印泥及格纸再拓如何？白蕉二页已交来，今附上以快先睹，其余续寄。主席语录尚未刻，俟开始当陆续拓奉请教。专此即请

秋安！

弟君匋手上
七月十日

附新刻印拓多种，请法正。又上

三

凌公：

六月十九日手书及大作均到，今已一一加注，另邮寄奉，乞捡收。有搔不着痒处者，请勿笑我责我。学习将于七月底结束。主席语录刻时当遵尊意力求字体通俗能认，如此亦为革命化之表现也。有李骆公印一页转赠我公，已附寄。专此　即颂

暑安！

弟君匋手上

七月十二日

附近刻一印请正

四

李凌同志：

久不见为念。今年九月间我曾来北京，以东跑西跑，日子不够了，弄得来不及来看了。这次从杭州作赵之谦的学术报告回家接到你的来信，真是高兴。我的《长征印谱》其实刻得并不好，上海人美为我出版了，大家都知道了，真是害臊。现在寄奉两册，一册请转思聪同志，要请你们两位教正。近刻待打出另寄，因为今天来不及了。我在报上常常看到你的大著，甚佩。下次来京当来奉访。专此即颂

年安！

弟君匋手上

十二月三十一日

思聪同志请代为候之

受信人李凌（一九一三—二〇〇三），广东台山人。青少年时期酷爱音乐、文学和美术。抗日战争爆发后参加家乡的青年救亡工作队。一九三八年七月赴延安鲁迅艺术学院音乐系学习，其间，得到音乐家冼星海的亲授，并曾担任该院教务处教育科长。一九四〇年，李凌从延安到了

重庆。在周恩来的领导下，成立"新音乐社"，掀起"新音乐"运动，并创办《新音乐》，成为当时影响巨大的进步音乐刊物之一。一九四一年皖南事变后，流亡缅甸，与张光年等文艺工作者组成抗日宣传队，同年十一月在缅甸加入了中国共产党。一九四三年在重庆任中华交响乐团编辑，任《音乐导报》编辑。一九四五年先后在上海、香港等地继续主办出版《新音乐》，并在上海创建中华音乐院，任院长。一九四七年，与马思聪、赵沨等在香港创建中华音乐院，任副院长。一九四九年新中国成立，李凌历任中央音乐学院教务长、中央歌舞团副团长。八十年代起先后担任中国音乐家协会副主席、中国音乐学院院长、中国文联书记处书记。又曾担任《中国音乐》的主编和《中国民族民间音乐器乐集成》的主编。同时也是中国当代优秀的音乐评论家，六十年间发表了数百万字的评论文章，其中许多评论是中国音乐史上的经典之作。二〇〇一年荣获首届中国音乐金钟奖终身荣誉勋章。

通观这四通书信的内容、日期、笔迹及用笺习惯，应出于同一个时间段，内容都关涉篆刻家与当代篆刻创作。在第一通信中，钱君匋答复李凌。可能是出生于广东的缘故，李凌特别关注粤籍印人如王广福、黄文宽、何天喜等人的情况。由于当时没有全国性书法篆刻组织机构，各地的篆刻家的活动大多限于本区域，即便是像钱君匋那样交游广泛的文艺家，也不能完全了解中国当代印人的简况，如钱就不清楚在广东地区颇有知名度的黄文宽。这通信中还着重介绍了当世上海印人的情况，并表示愿意提供上海印人的篆刻印拓给李凌。第二通信中述及彼此之间的互动和交流，李凌钤盖自藏齐白石的印拓给钱君匋，而钱则透露了自己的篆刻创作计划，预备刻制《毛主席语录印谱》，包括替李凌代求白蕉的印拓。第三通信的内容是对李凌作品的评点，并对即将着手创作的《毛主席语录印谱》字体风格及印谱寻求的通俗性问题与李凌交换意见，同时仍给李凌寄赠收集到的当代印人李骆公印作。第四通信中，钱君匋谈到有关赵之谦研究状况及其《长征印谱》出版后的情况，这封信中提到的"思聪"当指音乐家马思聪（一九一二—一九八七）。这些一星半点的信息实际上是钱君匋该年近半年间艺事活动的记录，自然，内容也还涉及他这一阶段的艺术思想。

由于这四通书信只写有月份及日期，并未标明年份，无法判断书信写作的具体年代。现在，我们综合书信中的有关信息，结合已知的史实做排比对照，以期获得这四通书信写作的大致年代。其一，钱札列举的上海印人中，提到叶露渊、钱瘦铁、陈巨来、来楚生、吴朴、单晓天、方去疾、王个簃、高式熊等人，并允诺李凌"可以各拓一份欣赏"。吴朴惨死于"文革"初期（一九六六），新中国成立后他一直任职于上海博物馆，是二十世纪五六十年代上海最活跃的篆刻家之一，和单晓天、方去疾并称为海上印坛的"三驾马车"。钱君匋给李凌提供的上海印人名录应是当时上海印坛最优秀的印人群，吴朴还在名单里，从这一点推断，这四通书信应该写于一九六六年之前。其二，钱君匋书信中两次提到同一个信息：即与刻制《毛主席语录印谱》有关。按钱君匋在书信里表达的观点应是当时一般文艺界人士普遍的看法，即艺术要为大众服务，因此钱君匋接受李凌的提议，表示"主席语录刻时当遵尊意力求字体通俗能认，如此亦为革命化之表现也"。据陈岩《泰山篆美堂藏钱君匋"毛主席语录印谱"略记》一文（刊于二〇一〇年第二期《西泠印社》）记述，该谱收录二十六方印章，均采用现代字，作者推测"印章的刻制时间应在一九六八年前，即一九六六、一九六七年左右。我们知道一九六六年至一九六七年是钱君匋解放后经历身心受到重创、思想极度困惑、生活极度困难的时期，也是他无所适从，以书画篆刻来排遣、托情的苦闷、挣扎期"。作者据此认为毛语印谱刻制时间是在一九六六、一九六七年左右，我们结合钱君匋这四通书信的相关内容，可以认定毛语印谱的创作启动时间应该更早，至少在"文革"前就有了动议。其三，钱札中提到上海人民美术出版社为他出版的《长征印谱》，第一版的具体出版时间是一九六二年，由康生题写书名。该书到一九七八年重版时，书名改成沈尹默的手书。笔者认为钱札提到的《长征印谱》是判断这四通书信写作年代的重要依据，即这四通书信不可能早于一九六二年。其四，钱君匋收藏过不少赵之谦作品，尤以篆刻作品为海内外之最。钱君匋因此长期追踪关注赵之谦的平生艺术成就，曾撰写过论述赵之谦书画印艺术的长篇论文，此文以《赵之谦的艺术成就》为题，发表于一九七八年第九期《文物》杂志。这是钱君匋平生最重要的论文之一。该稿的初稿现藏于浙江桐乡君匋艺术院，其手稿注明成于一九六三年七月。综合上面这些因素，我们大致可以确定钱君匋致李凌的四通手札，其写作时间应在一九六三年至一九六六年之间。

二〇一五年四月一日

三位善写颜字的高级干部

中国共产党老一辈高级干部中，不乏善书者。这里谈谈三位专攻颜书的书家。

舒同（一九〇五——一九九八）是党内书家的代表。在夺取政权时期——红军时期到解放战争时期，一直在军队里工作，毛泽东夸舒同是"红军一支笔"。不仅如此，他还是中国书法家协会的发起人及筹建者之一，被推为第一任中国书协主席。功勋书艺双著的舒同，取法颜鲁公，兼师晚清何绍基，中年时已经具有自己的风格。他的行书亦用中锋笔法，又萦环回复，舒卷他内心的豪气。舒同的书法，黄金时段在中年，忙里偷闲，临池挥毫，由何绍基上窥鲁公，恃充沛的精力，复挟枪林弹雨南北征战的军人气概，笔墨里自有一股削铁销金的气势。"文革"结束之后，二十世纪八十年代初，舒同以其地位、资历及书法上的造诣，为书法界代言，上书建立书协。此一举动，为公，有利于弘扬书法传统，复兴书法；于私，接续自己青年时代的翰墨素志。那时，海内名胜古迹陆续恢复，舒同应邀题写匾额对联，浓墨豪情，为江山添彩。他有老干部的风范，对普通书法爱好者的求索也能不舍远近，飞翰赐书，一时墨林满眼"舒墨"。晚年的书法，典型尤在，英气收敛，透过衰迟之态的墨迹，尚能见到其笔墨上的戎马硝烟。

李一氓（一九〇三——一九九〇），四川人，早年投身革命，参加过创造社，后加入社联。新中国成立后长期在党的外事部门工作，是"长征战士之一"（自用印文），但他的本色还是书生，生平最后一个职务是国务院古籍整理小组组长。李一氓喜好古籍善本与字画的收藏，其字规模颜真卿、何绍基，笔墨醇厚，整体格局属恢宏一路。晚年写字喜用浓墨重笔，有高阁重宇的气象，而神韵上又不失鲁公的韵味。其得意之笔，往往"豪放""洒脱""厚重""蕴藉"兼而有之。在党内高干善书者中，他的书法气质最儒雅、最见学养。如果说舒同晚年的字越写越趋于"圆厚"，借强而有力的牵引之笔来加重对"书势"表达，那么，李一氓正好相反，他晚年书法的取势越来越接近颜书的"中正"，力求横平竖直，堂堂正正，重按轻提，随处可见其浓髯大汉"大踏步便出"的豪迈风度。重处见力度厚度，轻者又不失韵致，执笔者的襟怀心胸，随笔墨的透迤、洒然泻出。四川饭店藏有他的大幅精品，琉璃厂的"古籍书店"及"中华书局"的招牌是其晚年的手笔，气象宽博而雄厚，与古今名人题写的匾额相比，毫不逊色，堪称新中国成立以来少见的佳构。

方毅（一九〇九——二〇〇二）专攻颜书。与舒同的环绕牵引大开大阖、李一氓的儒雅老成不同，他的字显得平静含蓄。方毅喜欢用鸡毫写字。鸡毫是毛笔书写工具中最柔软的一种，极难驾驭，但如果把握得法，自得刚柔相济之趣。方毅用鸡毫笔，驾轻就熟，控纵自如，显出他对毛笔极好的控制能力。琉璃厂安徽四宝堂店堂以前悬挂有两巨幅"怪石""奇松"，出于方毅之手，每字有一米见方，挥洒从容不逾矩度。像如此大的字迹，运笔中微微带着颤动，流露出风味十足的何绍基意趣。

沙孟海在《清代书学三百年》一文中，特别辟出一章谈"颜字"，可见千载以下颜字影响之盛。三位善书的高级干部均出生于清末，在取法上还带有那个时代的风气，当时的习颜书者，大多选择晚近的何绍基作为进入颜字堂奥的门径。何绍基的贡献在于用他的方法拓展了颜字的天地。舒、李、方三位在不同程度上受启于何书，舒同侧重于"势"的表达；李一氓专注于浓郁的"书意"；方毅显然更乐于把精力投在笔画的细节上。就习颜攻颜而言，他们各有千秋，舒同的圆厚，李一氓的雄强，方毅的沉潜内美，都值得称道。

三位善书的党内高干，舒同因晚年担任中国书协主席，作品遍布大江南北，为世人留下数量不菲的书迹。李一氓、方毅的活动范围基本不在书坛，故存世的应酬墨迹难得一见。偶尔在拍卖会上出现的小幅作品，多为赠友酬答之作。李一氓、方毅的传世墨迹因少而珍贵，往往为得者视为珍品。

二〇〇〇年三月五日

历下二老

　　一九八九年五月我去山东考察四山摩崖，回来路过济南，那里有我一位神交多年的朋友马子恺，想起他，就临时决定在济南下了车。子恺热情地接待了我，除了向我介绍名胜古迹，还提出来愿意陪我去看看泉城的两位老书家魏启后和蒋维崧。

　　魏启后先生的家在济南火车站附近。每天上午，魏先生有一个半小时在自己的书斋里接待四方来客。我们去时，客厅里已等满了人。精勤的魏先生早在书斋里工作了，一面聊天一面对客挥毫。记忆中的他没有一点名书家的架子，好像只要有勇气登门，总能得到他老人家的片楮尺幅之赐。他也从来不计报酬，提着烟酒、土产之类上门，写；没礼物的，照写不误，而且素来是当场挥毫。懂与不懂的，都在心理上得到极大的满足。所以，魏先生在山东的口碑很好，墨迹的流布也广。

　　客人一拨一拨出来，心满意足地拿着字走了，不久就轮到我们。子恺是魏府的常客，和魏先生熟稔，打着招呼，把我让进了里屋。子恺说，这是某某，我的好友，从浙江来。余下的好像还说我是工篆刻的。魏先生端详了一会，说，欢迎远道来客。然后示意坐下。又问有没有带作品？我说走得匆忙，忘了。他答不妨，就随便谈谈吧。话也就从刻印生发开去，谈到乡籍，子恺介绍我是海宁人。魏先生说海宁是个好地方，出人，举了王国维、钱君匋。魏先生谈锋健，我见人就拘谨，听得多说得少。到后来，魏先生说，我们初次见面，给你写幅字吧。我有此意却不好意思，魏先生大约早已看出我的心思，主动提了出来。

铺纸，魏先生问：喜欢哪种书体？我说章草。点头，尔后他从笔筒里抽出一支短锋羊毫，略略在砚池里舔了舔笔，迅疾地写起来。中间蘸过两回墨，接笔的地方都在字的中间，墨干，但纸好，落在纸上水墨清润完全没有火气。

看魏先生挥毫，驰想不已。点画撇捺，在他笔底，留驻、疾行、使转，每一道关节都干脆利索，宛如行云流水。以前听说好字有"风行水面，自然成文"的韵致，魏先生写字就有这样的意境。我知道魏先生是辅仁大学毕业的。辅仁是教会学校，执教的像溥儒、台静农、启元白都是当时的名士。魏在书画上受他们的熏陶，也崇尚魏晋。没见过他早年的作品，想必也是二王的路数吧。后来他师米、师简牍，用的就是帖学的方法，行笔讲气韵，求风神。当代书坛千姿百态，以魏晋风度而论，魏是得正脉的，但很特别，他的津梁却是非衣冠人士执笔的民间简牍。

写完字，搁笔。魏先生笑眯眯指着字，说你从江南来，给你写了"春风又绿江南岸，明月何时照我还"。诗太有名了，时间也巧，他只是即兴写出，但此时此景经他一点，简直呼之欲出。魏先生的机敏，由此不难看出。

临到盖印，特意拣出上海印人韩天衡替他刻的姓名印，质量上乘的朱砂印泥，捺在纸上饱满而厚实。怕印色污及纸面，又找出牙粉刷上。这个小小的动作，只是书艺外的一个细枝末节，却让我久久地感动。

从魏启后先生家出来，我跟子恺说，魏先生称得上历下的一大景观，如果济南只有大明湖，没有魏字怕会黯然失色的。说这话，也许带着个人的感情色彩，却出于对魏先生衷心的敬爱。

我的一位草书朋友，与魏先生只有过一面之交，魏先生给他的印象和我一样，难忘。那位朋友以普通爱好者的身份去拜访魏先生，出示自己的作品。魏看了，极口称赞，为那位朋友连书三幅还不肯罢手，接下来又推掉了来求字的客人，说今天老朋友来了，请大家明天再来。求字的人一走，关上门，和那位朋友大写草书、纵酒、谈天……

蒋维崧先生那次来不及见。五年后，也就是一九九四年五月，我获得一个意外的机会和蒋先生见了面。那年，《汉语大词典》经过了八个春秋，正式出版发行，这是汉语学界的一件盛事。参加这部大型辞书编纂的多是汉语学界的前辈学人。发行之日，国家语委在北京举行庆典，蒋维崧先生是词典的编委之一，被邀请来北京，住在马甸的山东宾馆。蒋老的高足刘绍刚先生告诉这个消息，我提出来，想一见，绍刚答应了。蒋先生比想象中要年轻得多，颀长，白皙，一副寿者之相。也清秀，即使年届古稀还是一副书生的模样。蒋先生不大喜欢站着，我们见过后，他就一直坐圈椅里，直到我们合影，他仍是那个坐姿。猜想蒋先生在山东大学自己的寓所里，也是这样的姿势，安安静静坐着，透着一种安逸。或者这姿势以外，手里还会多一本线装书，戴着由近视变老花的眼镜。甚至想象蒋先生踱方步的情景，一定也这样，带着古书的静穆。

　　这位常州出生的文字学家，是乔大壮的得意门生，书印俱佳。印宗乔氏。乔的印风平和敦厚，蒋如之，印风也是理性工稳。如果以"致广大，极精微"来形容，他的作品毫无疑问可以算在"极精微"里。没见蒋先生之前，单凭墨迹做这样的猜测。等见到了，果然如此。书迹和心迹的关系，无意中表现出他是一个心思缜密的人。那次和蒋先生见面，我们谈时风，谈现实中发生的种种现象。蒋先生坐在圈椅里默默地倾听，不发一言，偶尔啖一二荔枝，神态安详静谧。当有一位朋友说及文化"没落"的话题，无意中触动了他，他喟然长叹，插言道："现在什么东西都成了商品，都在'卖'了。"语调激烈，出乎意料。当这个"卖"字从平和的老知识分子口中溢出，我简直震惊了。一直以为蒋先生是书房人物，只关心专业学问艺术，哪里想到与故纸打交道的蒋先生，对"时风"有那样的反应。再后，和蒋先生同来的两位山东老友来访，这个话题就被搁置了。

　　一位朋友称蒋维崧先生是中国文化最后一批精神贵

族。在我，还体味不到"精神贵族"的心境，但孕育着中华文化的环境日渐远兮是不争的事实。

作为一个学者，书法在蒋先生那里只是业余爱好，然而，书法的的确确伴随他走了大半辈子。

一九九七年六月

闲闲笔墨

——沈从文一幅写于新中国成立前夕的章草

史树青先生向来注重近现代学人墨迹的收藏。他也乐于把自家的藏品向熟识的晚辈展观。记得春天在中国美术馆举办的当代学人书展中，有两件墨迹就出自竹影书屋。虽然史先生不满那个展览的有些人选，但还是慨然出借了藏品。

今年是沈从文先生诞生一百周年。从二十世纪五十年代起，沈从文从文学创作界转行到文博界，成了中国历史博物馆的一名研究人员。算起来，四十年代末就进入历史博物馆的史树青与沈从文有过时间不短的同事经历，我向史先生探问，手头有没有沈从文的东西？出乎我意料，史先生反应很快，说："怎么没有？我还有沈先生的画呢。"实物不在身边，不过他出示了沈从文的画照，原来是一把扇面，一面是字，另一面是画。我惊讶于史先生的有心，居然完好无损保存了新文学名家难得一见的画扇，尽管是游戏笔墨，也弥足珍贵。史先生又说，手里还有一张字，是沈从文新中国成立前夕的作品，章草，上面落的名款是"上官碧"。那张字的名款后还有文字："上官碧书于大雷雨中，三十八年九月二日。""三十八年"即一九四九年，当时正值毛泽东在天安门城楼向世人宣布新中国成立的前夕。沈从文条幅中所记的年月日以及"书于大雷雨"点出了书写时的历史背景，这是有文学家背景的沈从文书法的点睛之笔。这年四月，人民解放军占领南京，毛泽东豪迈地吟出"天翻地覆慨而慷"的诗句，生活在北平的沈从文深刻地感受到身边发生的一切，何况新中国的新政协成员中，有不少是他的朋友。沈从文将对这一时代大变革的感慨记录在笔墨里，那个分两行写成的落款凝固了一幅闲闲笔墨与时代的关系，看出作者执笔时的不平静。

与沈从文同时期的作家施蛰存评价沈从文早年的字"较偏爱明朝人的书写风格和形式，常写窄长的竖直条幅"。这幅字的落款、书风和形式都符合沈从文那个时期的书法特点。

一九四八年十月，沈从文在《文学杂志》发表过一篇《谈写字》的文章，有一节专门谈到"近代笔墨"。他眼中二十世纪前五十年的书风，以旧京为例，最先流行的是名公宰臣如逊清太傅陈宝琛的欧体书，内阁总理熊希龄的山谷体行书；后来诗人、词客、记者、学者、名伶如樊增祥、姚茫父、罗瘿公、罗振玉、林长民、邵飘萍等的笔墨大行于世；一九一九年以后，蔡元培、胡适、梅兰芳、齐白石、寿石工等人的笔墨登上舞台，成了那个时候的主角。沈从文说民国时期还有"伟人派"书法一路，康有为是代表人物，后来于右任那写得像莼菜条子的行书也是这一路。由一个兼长书法的作家去说民国书风，释读出普通人难以察觉的一些事物，艺术同时代的关系千丝万缕，原来如此密切。

我听许多人说起过"沈从文用二毛钱的学生笔写出不朽的作品"，这显然是另一层意义上的话题，与沈从文书法中显示的历史感关系不大，倒是他采用的那种窄长窄长的形式值得投去一眼。沈从文至老都保持着书写窄长条幅的习惯。沈从文的选择，是要设定一个目标，还是想挣脱一个许多人都在写的样式？抑或仅仅是习以为常？现在一切已无从所知。但还是有一些东西似乎可以确定。沈从文在书写密密麻麻的小字时，文学家的历史敏感始终伴随左右。书赠史树青条幅记载的"大雷雨中，三十八年九月二日"，大概就是一个见证。

二〇〇二年五月

世纪一挥手

　　杭州西泠印社湖滨营业厅，如今依旧高悬着沙孟海八十年代初写的匾额"翰墨千秋"。大师驾鹤西归，墨迹犹新。

　　二十世纪的风景渐渐远去，二十世纪的印坛人物还在沉浮招摇，曾经的煊赫终究归于平静，大师也罢，名家也罢。

　　称吴昌硕为巨擘，大概没人会反对。吴昌硕是二十世纪艺术家中名气最盛的一位，书画诗印，四面出击，气贯日月。百年印坛，高烧的近百炷香中，不可能漠视他的存在。当年杭州城里四位中青年创办西泠印社，首先想到了吴昌硕，请他出来主持大局，用一句现成语来说是"众望所归"。

　　社何敢长，识字仅鼎彝瓴甓，一耕夫来自田间。（吴昌硕）

　　照今天的眼光去看，这是西泠四子独特的地方，举大事而不计名位，谦退一旁，恭请"浙东一老"上座，礼贤敬士，这是何等的胸襟，西泠印社的开局似乎就决定了它今后的命运——这大概就是大家气象。

四子爱好印章，他们都有自己的职业。王福庵在铸印局领一份薪水，丁辅之在他的鹤庐里钻研聚珍仿宋字，吴隐开了一爿小店，挂着西泠印社的招牌，卖他自制的潜泉印泥……

他们赶上了时候，得湖山之助，得人和之力。

后来定居苏州同样酷爱印章的印人宋季丁就没王福庵他们幸运。宋季丁出身名门，杭州宋庄的后代，少年时代就痴心于印章，敬慕丁敬，改名为"季丁"。可惜他来晚了，错过了季节。抗战烽烟涌起，雅人还有，但此时此刻不在西泠桥畔。这情形像他取的"季丁"，他既甘心情愿做最末的一个，注定要受没落的煎熬。

齐白石拜服吴昌硕，有诗为证："老缶衰年别有才。"吴昌硕晚年说过："北方有人学我皮毛，竟成大名。"这不点名的"北方有人"暗指齐白石。齐白石听说了，默默刻了一枚印章："老夫也在皮毛类。"两位大师一南一北，一来一去，就像武林高手过招，悄无声息。齐白石的印章也讲气势。他毫无顾忌用单刀刻印，笔道上，亮出一面光一面毛。他自称"木人"。一些人赞赏白石的胆大，也有一些人对他的印风不屑一顾。曾担任故宫博物院院长的北大教授马衡就特别反感齐印，他在《凡将斋金石论稿》里，毫不留情地给齐印以抨击。

他说："近数十年来刻印家往往只讲刀法。能知用刀，即自以为尽刻印之能事。不知印之所以为印，重在印文。

若徒逞刀法，不讲书法，其不自知者，非陋即妄。"白石的态度是："秦汉人有过人处，全在不蠢，胆敢独造，故能超出千古。余刻印不拘前人绳墨，而时俗以为无所本，余尝哀时人之蠢。"

这是学者派印人与纯印人之争。

从马衡的角度，也许没说错；齐白石错了吗？也没有。马衡留在天壤间的有一部《凡将斋金石印存》，"五四"以来最有名望的学人几乎有一半请马衡刻过印章。齐白石也留下若干卷《白石印草》。沧海明月，成就高低，时间会掂出彼此的轻重。

往后，还有许许多多印人，有两个人物特别要提出来，一个是来楚生，另一个是邓散木。来楚生一度被人推为齐白石后又一座大山，仰之弥高。崇拜来楚生的人觉得只有大山才足以表达对他的敬仰，其情可钦。然而，大山不是说出来的，要凭作品。如今十多年过去，有关来楚生的大山论渐渐平息下来了。来楚生刻得不错，说他是大山，则听起来像听"大山"侃大山，有点滑稽了。邓散木曾是八十年代以来受议论最多的一位印人。誉满天下，谤亦随之。人们说得最多的是邓散木的程式，没错，邓散木很程式。他写过一本《篆刻学》，里面有一节专门讲搭边、破损，哪儿可破哪儿不能，其实这只是一份课徒稿，原则是相对的。邓散木的《篆刻学》差点伤害了自己，引起无数人的误解。人们读邓散木，仿佛忘了他祖师爷吴昌硕说的"贵能深造求其通"，忽视了他新中国成立后创作的一系列印章，以铁击石，高唱大风起兮的气概。百年印坛臻此境界的当真还不多。还有钱瘦铁，他是海上名家，提到他，是因为一个学他印风的人引发了"文革"后新派印风的兴起。

壮夫们争相夸耀吴齐的豪放时，雅士们则在书斋把玩精细。两种心绪，两种况味，似乎不必执高下而论。

"致广大，尽精微。"徐悲鸿当年拿来教导他的学生，艺术要做到这两个极点，方称善美。其实这也是百年印坛两种流派（写意的和工细的）指向。

总的来说，这两种流派有点势不均、力不敌。不是工细一路的印人不发达，世风所趋，难免高低不平。

印人赵叔孺当年扬名印坛，与吴昌硕同时并称，几十年后，赵叔孺的印章只和几个印人合刊一集，而吴昌硕，一个人就是厚厚的一册。这种悬殊，已见世象对两种流派的态度。

屈指算来，工细一派印人，二十世纪的阵容是最强盛的，像王福庵、方介堪、陈巨来、韩登庵等。他们的精工完全可与历史上第一流的圆朱文高手相提并论。其中以陈巨来的成就最突出，连他的老师赵叔孺也惊呼"陈生篆刻，近代第一"。

精细一路的式微，有人拿历史来比喻，把精细一派比作是历史上那些锦衣玉食的贵族，缺乏一种鲜活的生气。换句通俗的话说太雅了。曲高和寡，坚持一种去时已久的趣味，需要付出代价——比如寂寞。风雅是清冷之物，风雅同时也是闲情之物。

我在九十年代中期遇到过这样一件事：一个屡登全国展金榜的印人后来转向收藏界，日与古玩为伍。他跟我说，新派印风现在看起来怎么那么别扭。在此之前，此君可是个新派印风的狂热者。

手头还保存一份七十年代末诗人陈兼与致郑逸梅的手书。信中说："敝友徐君慕熙名植工篆刻并善书画，随福庵先生最久，与吴朴并称福庵高足。现在文艺界亦有帮派风气，篆刻推吴缶齐匠一派吃香，而赵叔孺王福庵正统规矩一派则每排之，此种现象极不正常。我公著述宏富，对人影响甚大，拟借齿牙为之揄扬。"陈兼与先生不是此道中人，他与写《石遗诗话》的陈石遗同为闽人，闽人敏感。他的发言，只有感于时，由此却可看到工细一路印章的处境。

陈先生措辞有点激愤，但能感觉到他的仗义执言，仅仅出于这样一种心理：两种不同走向的流派，应该有公平发展的外部环境。

一个世纪的沧海桑田，留给印坛的，只是极窄极窄的空间。世纪一挥手，有多少人曾经挥手。摄入历史的大概只有少数，大多数注定会埋没，否则历史也会像地球人口爆满——以多为患。沙孟海给自己写了"翰墨千秋"，而更多的人则由马国权记录在《近代印人传》里。没来得及赶上的，就等着下个世纪，拿自己的作品敲门。

一九九九年岁尾

吾道以文章相传
——记我认识的两位海宁籍

艺坛前辈

　　二十世纪八十年代后期，我负笈京华求学，有机会拜访过多位寓京的海宁籍前辈学人，其中有两位给我留下深刻的印象，他们是吴甲丰先生（一九一六——一九九六）和沈左尧先生（一九二一——二〇〇七）。

　　吴甲丰先生，我在八十年代后期拜访过两次。第一次和挚友雕塑家陆乐一同去的，吴先生的家在红庙文化部宿舍。这位以研究西方美术史著称的同乡前辈，看上去没有想象中的洋派，甚至有点意想不到的寻常。穿着中山装，人个头显得矮小，又瘦又黑，中指和食指蜡黄，大概是烟抽得太多被熏黄的。待人接物一副随和的样子，谈吐也不那么文雅，接触下来感觉与读其书得到的印象相去甚远。

　　因为我们是远客，又是第一次拜访，吴先生留我们吃晚饭。他的老妻是海宁人，说一口海宁土话，做得一手好菜，满桌子的家乡菜，至今齿颊留香。记得饭桌上吴先生喝了点黄酒，兴致勃勃，为了说明某个问题，居然把筷子当作道具，在桌子上搭过来搭过去，我们只好停箸听他讲。还是夫人最后打断了吴先生的话头，快让小伙子们吃饭吧。吴先生显得兴犹未尽，不情愿地停下来。

初次见面，吴先生又是我们崇拜的学者，提出来要看看他的书房。他想都不想就招呼我们过去，书房是朝南的一间，不大。开灯，靠南窗摆着一张写字台，台子上横七竖八放着一沓稿子，有些上面是写满字的。我第一次在学者书房里看到没完成的稿子，感觉很新鲜。贴墙一排书架，吴先生走过去随手抽出两本，说是某某送给他的签名本，都是些如雷贯耳的名字。正当我们想凑近仔细瞧瞧时吴先生却把书放回书架，自己走出书房，顺手把电灯关了，说："里面暗，外面来坐吧。"

吴先生毕业于上海美专，学过西画，教过书，做过编辑，最后才落脚西方美术史研究上，生前是中国艺术研究院美研所研究员。整个八十年代，吴先生一口气出了《印象派的再认识》《画廊中的思考》《论西方写实绘画》几部重要的著述，在美术史界影响极大，国内一线媒体如《文艺报》《光明日报》《文艺研究》《读书》《中国美术报》等报纸杂志时见他发表的高论。我们提出想看看他的画作，吴先生指着客厅一角挂着的油画，说那就是。这幅油画颇为抽象，色彩斑斓，上面配着的诗堂是他的自书自作诗，真是洋为中用、古为今用的绝妙结合。

八十年代末，美术界承"八五"新潮余绪，是思想最为活跃的一个阶段。我求学的学校三天两头有各界精英来学校做讲座，精英们的观点有时候是互相冲突的。面对这样的情况，年轻如我者当然是苦闷和疑惑的。我第二次去拜访吴先生就是去求救的。不料吴先生听后，回答相当简单：听归听，做归做，不要混为一谈。就是在这次，还告诉我，他不懂书法，但他的一个朋友黄苗子懂书法，写得极好，以后可以介绍给我认识，我可以向他讨教。我向他请教西方美术史的学习方法，他反复强调：要多看原版，多看作品，外国美术史也是建立在作品之上的。

大家只知道吴先生是研究西方美术史的专家，其实他对中国古代美术史也有研究。写过《游目骋怀——山水画空间处理手法后再认识》《宗像清彦"荆浩〈笔法记〉"研究评介》等论文，还用中国画画科的视角去观照西洋画中的静物花卉，这些都是吴先生中国画史理论修养的体现。

和吴甲丰先生的瘦小不同，沈左尧先生的长相高大魁伟，气宇轩昂。八十年代末我去拜访他，那时沈先生还住在长安商场附近的高楼里，书斋题名为"胜寒楼"，沈先生给我讲过书斋名的来历，但我已经不记得了，但为"胜寒楼"题名的都是当今的大家。吴作人用饱满的篆书题写，谢稚柳则用酣畅的行草题写，书体不同，一样大气磅礴，气势夺人，不愧大家手笔。吴作人、谢稚柳、徐悲鸿、傅抱石都是沈先生上中央大学时的老师。九十年代初沈先生搬到木樨地高知楼居住，住在那幢塔楼的都是副部以上的高干，要不就是文化科技界的著名人物。搬迁后的"胜寒楼"气派依旧，会客厅除大书案、皮沙发外，墙上悬挂名家或他自己的作品、拓片，琳琅满目。柜子里放着历年获奖的奖牌和奖杯，另一个柜子放着一排发表作品的剪贴簿，摆放得整整齐齐，纤尘不染，室中绿植葱茏，让人感到温馨充实，感受到一个艺术家家庭独特的气氛。

凡接触过沈先生的人都有这样的感触：外表峻厉庄严，其实非常平易近人。九十年代初我进《文物》杂志工作，沈先生特意致函祝贺，还打电话邀我到他家玩。有时去，若碰上他兴致好，还能当场得到他书赠的墨宝。他的拿手好戏，就是当场作嵌名联，一般还会当场挥毫写就送人。

我喜欢艺坛掌故，每次去沈先生家，有意无意把话题引向这方面，每次都有收获。如廖静文写《徐悲鸿一生》一书，里面好些照片出自沈先生之手，但发表时都没注明摄影者。沈先生中央大学毕业后，在中国文艺家协会工作，跟中央大学时的老师往来十分密切，又由于各方面的才干都出色，深得老师们的器重。抗战时期在重庆，西方的一些外交官非常欣赏傅抱石那些带有印象派色彩的山水，傅抱石不懂英文，沈先生就做傅抱石的翻译。包括新中国成立后傅抱石奉命进京绘制《江山如此多娇》，沈先生是见证者，也参与了绘制该画的一些辅助性工作。沈先生对傅先生的感情很深，在他去世后，写过四十二首悼师诗词，香港的大业公司曾影印出版过《悼师集》。傅抱石夫人罗时慧说："师生之情深厚若此，岂惟不见于今世，古来亦罕闻其俦。"沈先生谈到张大千，说大千这个人很俗气，见了漂亮女人就要上去拥抱等。也谈到自己一件懊悔的事，他在中央大学艺术系上学时，徐悲鸿给他写过一张篆刻润格，上面有张道藩、陈之佛、傅抱石等人的签名，因为怕"文革"时期红卫兵抄家，把篆刻润格中张道藩的签名刮掉了。虽片言只语，但因亲历，仍不失为有价值的史实。

二十世纪九十年代初我还与沈先生有过同为一张报纸写专栏的经历。我们应邀为《人民日报》(海外版)副刊写专栏，我写的内容是品评近现代书印名家的作品，沈先生的专栏是介绍古代印艺。一老一少两个海宁人同时为《人民日报》(海外版)写专栏，让人觉得既巧合，又难得。

沈先生在某些事的做法上，还保留着民国时的遗风。每次去沈先生家，他总要我在一本登记簿上签名、留下地址和电话等信息，后来我去多了，自认为是熟客，想省减其事，不料还是被沈先生要求登记。等我读了不少民国时期的名人传记，才知道民国时的政坛名人都有这样的习惯。

作为前辈，沈先生非常关心我这个同乡后辈，得知我执编某收藏类杂志，年近八十还为我一字一笔手写《傅抱石与〈丽人行〉》一文，对我工作多有支持，内心感佩不已。

沈左尧先生是艺坛的多面手，绘画是本业，自不在话下，书印俱精，又善制联语，索笔立就，是楹联界有名的捷才。晚年又以名人传记的写作驰名，而且他的写作影响不仅在国内，也名播海外。

一位画家最后以文章名世，本业反倒隐没不显，让我想起"吾道以文章相传"这句古训。沈左尧先生是这样，吴甲丰先生又何尝不是这样。

二〇一四年二月三日

记两位杭州国立艺专毕业生：吴野夫和

王嘉品

吴野夫（一九二九——一九九一）是我二十世纪八十年代中期接触过的国画家，外界称他两个最重要的关键词是：指画家、潘天寿的弟子。

潘天寿去世后，江浙画坛出现过不少指画家，有人画指画只在意作画工具的特殊性；有人则着眼于毛笔这类工具未能达到的趣味上。吴野夫是那时代指画家中少有的追求风骨意境的画家。一九八四年他访日，在日本举办画展，赢得巨大的声誉，被《朝日新闻》誉为"中国指画第一人"。回国后，他觉得这样的称法太招摇，跟媒体介绍时，主动降格为"中国北方指画第一人"。

吴野夫是浙江临安人。载誉归来后，被邀请回故乡，客居天目山禅源寺休养观光作画。这是他一生中度过的最好的一段时光，久居北国，荣归故里，熟悉的故土，勾起他对青春的回忆，厚重的生命体验注入创作中，形成了他苍健磅礴的画风。吴野夫故乡情深，那时他的指画在日本很好销，但他大气，把在临安创作的一批作品，都捐给了故乡。当地政府为他在禅源寺开辟指画馆陈列作品。

我和吴野夫的交往就在这个时候。客居禅源寺的吴先生，据说每天午后小睡醒来，都要在林荫小道散步。有一天，他在道路边拾到一张被人丢弃的《杭州日报》，上面登有我刻的两方印章，他觉得刻得还不错，捡起来，放在自己的房间。过了几天，他散步的时候，又捡到一份《中国青年报》，非常巧，上面又登有我的印章，还有我当时供职单位的地址。于是吴野夫写信给我，请我刻印，随信还寄来一个印得很讲究的画折，折子上印了他的指画。

次年，吴先生来信，告诉我他要在天目禅源寺办画展，邀请我参与其盛。当时美术界的活动还不像现在那么多，办个展览是非常郑重的事。我好像也很正式，一路车舟赶过去，既是祝贺，也是观摩学习。待见到吴野夫，发觉他长得人高马大的，看起来着实伟岸。他的画，和他的人一样，具有北方人的浑朴典重。

吴野夫对于我这样的无名小辈，没有一点轻视之意。当我提出来要看他作画，几乎想都没想，就马上答应"好的，那你跟我来，我画一张给你看"。我第一次看他把右手的整个拳头伸进墨池里，蘸过后迅疾伸出来，拳掌指在纸上舞动。须臾便成石、梅桩。在等色墨干燥的过程中，我们交谈："原来拳头也可以画画。"吴答："指画指画，名为指头画，其实拳头、掌、背、指、甲、肉都可以用，就看你怎么用，用得适当不适当。"他的话有启发性，不执着于概念，从创作角度扩大了指画的范围和表现力。吴野夫在巨幅指画上，不限于指头，泼墨泼彩兼施，以指掌顺势勾勒，意在指外，气势夺人，的确如日人评价的那样，有巨匠风范。在跟吴野夫接触中，还感受到他身上强烈的艺术家气息，为人热情豪爽。

我受吴野夫影响，从临安回来后也尝试画指画，时有习作向他请教，每回他都提出详细的意见，鼓励有加。并说"你既然也从事指画创作了，我们就是同行了"之语。看我每每有小得，露出自满的情绪时，就指出不要骄傲，要有老子"自居其反"的精神，站在自己的对立面审思自己。对于一个年轻学子，如此推心置腹，可见吴野夫待人的诚挚和坦荡。

二十世纪八十年代后期，我跟他的通信渐渐少了，但请他示范，有请必应，而且每每都是精品。在我看来，整个八十年代是吴野夫创作的全盛时期。他的创作不以题材内容尖新取胜，而是通过中国画常见的题材表达中国笔墨的精气神及魂魄，实际上他所循的还是二十世纪前五十年中国画坛精英们追求的路向。吴野夫在中国指画上延续这一特点，并有所推进。可惜八十年代后期的美术界正处在西潮涌动之际，中国画首当其冲被视为艺术中的保守主义，受到极不理性的批评。在这种背景下，吴野夫的指画创作未受到美术界应有的重视，加上吴野夫社会应酬太多，身体日渐不支，以至于在去世前的一九九一年并未贡献太多代表他艺术水准的作品。这大概是吴野夫的宿命。

王嘉品（一九二九—二〇一〇）进入杭州国立艺专的时间是一九四六年，一九四九年毕业，随即从军。这一点王嘉品与吴野夫惊人的相似。或许，艺术青年在历史的转折点，更愿意接受时代的选择，他们的家国情怀也表露无遗。吴野夫是在校生参军，而王嘉品则是毕业后跨进军营。

我在一九九〇年后期才认识王嘉品的。退休后的王先生如闲云野鹤，经常来北京走动，看他昔日的学长校友，有交流切磋，也有载道传艺。他主攻写意花鸟，从画风上看不出曾经是潘天寿门下的弟子，反倒觉得他有可能是京派某位前辈的学生。对于这种艺风，我问过他：怎么画中没有老师潘天寿的痕迹？他回答："潘先生的画风格特征太强烈，不太容易学，即便学了，也难有自己的风格。加上画家的存在，实际上是要有生活土壤。"初闻这番话，有点惊讶，联想他曾经的生活经历和背景，就能理解他为什么要这样表达了。这是他们那代人才有的纠结。

他后来作画，较多取法高冠华、王雪涛等画家。长期非艺术圈的生活经历，使他在审美上深受民间影响。他后来特别喜欢用大红大绿，固然热闹，格调也被限定了。我曾跟他说："您的画太艳太满了。"王先生回了一句："画画总要让人看得懂。"王先生的勤奋又是令人钦佩的，七十岁过后，每天作画，作品一卷一卷的，很多是大画，起稿构图，不烦推敲，毕竟是国立艺专毕业的学生，敬业又功力扎实。

我和王先生交往，更喜欢听他讲杭州老国立艺专的情况。他是老国立艺专的毕业生，又是一九四九年前的学生。新中国成立前潘天寿他们一辈人怎么上国画课他最清楚了。据王先生回忆："老师们把自己的作品带到课堂上来，让学生临摹。"我知道的国内美术学院在很长一段时间里延续那种教学模式。当然课程中的范本可能不同，还与老师的示范相结合。这种教学方式貌似缺乏学科精神，实际上又是最顺应艺术教育的特性，原因无外乎艺术教育的个性化程度太高，每个学生的资质理解不同。临摹不光是了解对象，也通过这个过程洞悉自己的能力。我得到他最珍贵的馈赠是他把手头保存的国立艺专同学的回忆资料都送给了我。

王先生生性活泼，大概在校时是个调皮学生。他跟我讲向潘天寿求画的事。临近毕业时他跟老师潘天寿提出来，要老师作画留念。潘先生不便拒绝，就说："你先请茀之、乐三先生画，我再画。"潘先生意思很明白，由老师们合作一张留念。王先生后来找到吴诸两位先生，说是潘先生说的，两位先生没多说什么，铺纸就画。再后来王先生拿着这张画找潘天寿，潘先生在画上题了字，促成了三人合作的《岁寒三友》图，似老师们的自况，又仿佛是对学生的勉励，做人要有傲骨。这张画躲过了无数劫难，一度辗转王先生某位学长之手，至今居然完好无损。我曾经跟王先生开玩笑：这是你念国立艺专的另一张毕业证书，在某种程度上甚至超过文凭的价值。每回讲起这张画，王先生就说"潘先生不肯动手"。

老艺专师生之间的关系是融洽的。王嘉品告诉我，有一次他在课堂上花了几天工夫临了潘天寿的《山居图》，这是潘风格很典型的山水画，屋宇、篱笆院子，画面上半部分是靠大篇题字来完成的。王嘉品完成临摹后，面对一大篇错落有致的题字犯难了，这不是一个美院学生能够胜任的。经不起弟子再三恳求，潘天寿竟然把题跋文字整篇过录一遍在临作上，连落款都替弟子写上。明眼人一看便知道，这样的功夫，岂是一个艺术青年写得出来的。我在听完王先生的叙述时，觉得那时做艺专的学生真好，天天见面的老师竟是这个世纪最杰出的绘画大师。

二〇一七年七月十五日，于北京仰山楼

章汝奭先生：时代潮流中的「退守」者

　　九十一岁高龄的章汝奭先生在沪上去世，《澎湃·艺术评论》新闻发布这个消息后，在书法界引来不小的反响。我们知道二十世纪九十年代以来，有不少书法家以退出书协的举动来实现对书法追求的自觉，其中，湖北老书家吴丈蜀的退会声明以中新社的发稿最有影响。没想到章汝奭先生八十年代中期就退出书法协会，实在是"退会"的先驱。他说"过去就没有书法家三个字"，也是振聋发聩。且不论对这个说法怎么看，单凭章先生的行为与言论，足以说明他早就意识到书法圈会是个江湖，于是毅然退会，独善其身，可见他是一个有独立人格的知识分子。

　　章先生说自己不合时宜，在我看来不过是一种自嘲，多少还有点无奈吧。当然，书法这种极其私人化的书写活动，写不写得好字，与参不参加社团没有关系；如果说有关系，那只是书法活动。像章先生那样出身书香门第，阅历多，眼界高，没有以一技之长获取名利的企图，大概早就参透这一点，所以才会退出书协，这当然是他个人的一种选择，一般人没法效仿也不必执此为标准。

我和章先生没有交往，可谓无缘，但我认识章先生的嫡传弟子白谦慎先生，也算一种因缘。我与白先生见面时，他讲过章汝奭先生及其家世背景、为人和书法。因为这个缘故，我在写《雀巢语屑》时，有一段文字涉及章先生，说白先生拜的老师都擅长小楷，国内的章汝奭、国外的张充和，尤以张充和的小楷为出色。这段当时随兴写出的文字，不知谁拿去给章先生看，引起他的注意。我知道像章先生他们那辈人淡泊名利，但对流传在外的口碑都很在意，这关系到一个人的品格、天赋、能力、用功程度，他们都不肯在这些方面让人随便说说。我的看法，无意中触碰到章先生的敏感神经。白谦慎后来跟我说起这件事，称章先生提起这段话，有点不高兴，随后对我讲，以后写这类文字，真要慎重一点。从这件由我引起但没有直接交道的事，推测章汝奭先生在实际生活中也有认真执着的一面。

早在二十世纪八十年代，我就在上海《书法》杂志上看到章先生的小字。后来在吴鸿清先生家中，又看到章先生的小楷真迹，内容是《离骚》还是别的，已经记不清了，只记得是密密麻麻的一大篇，真如字阵。我当时的感觉就像是一块麻麻点点的布，看下来非常吃力，更不用说写了，得花费多大的功夫，又得多好的眼力功力和耐力才能完成这样的鸿篇，不由得心生感慨。在此之后之前，我大约都没有这样的审美体验。吴先生问我"怎么样"，我站在那里，呆呆的不知道说什么好。

九十年代末期，我对艺精而俗名不大的书画家兴趣极大，有一阵子与友人朱永灵时常流连于坊间，寻访搜求。曾在一个拍卖会上买到一把沈子丞的成扇，背面是章汝奭先生的小字，也是密密麻麻。我奇怪这件扇面不用锐锋而是用秃笔写成，留在纸上的痕迹，牵拉挪移，非常笨拙，看不到通常意义上书法的特质。扇子的上款人是孙大光，是章先生的校友，一位爱好收藏又极有素养的高级干部。按常理，老学长求字，章先生拿出来的应是看家本事，这件扇面上的字固然有常规的水平，只是秃锋泥粘，实际上只剩下了笔触，不胜枯索。尽管笔笔写实，幸好章先生的气息好，看上去并不令人生厌。我曾拿出来给白谦慎看过，他只说是章先生的典型风格，别无评价。后来有几次跟白先生交谈，他终于忍不住吐露自己的看法：不懂章先生为何要把字写得那么结实，几乎没有一点透气的地方？

过了一些年，又与白谦慎在北京见面，他告诉我：章先生这两年的字写松动了，呈现越来越好的趋向。我当时只把他的话当作一个老学生对老师的回护，没有往心里去。好像是同一年，我从浙江返京，途经上海，临时起意去拜访一位名报人。那个报人是后来被称为"章门四友"中的一位，据说和章先生常来常往，走得很近。在他家的玻璃台板下压着一张拜年帖，是章先生随便写的，只有一个小方块大小，写得气息周流，十分轻松。至此我这才明白此前白谦慎跟我说的那番话。差不多同一个时期，上海章先生小圈子里的朋友们替他印了一本作品集，我只听李怀宇讲起过，却未见过那本集子，猜测到了耄耋之年的章先生，处在通会之际，心手相应，发乎于心，形之于书，笔迹想来一定也是忘山忘水的。

章先生身上带有浓浓的名士气派。他晚年不愿扩大交游圈，交往只局限在一个很小的范围，品流和趣味契合才往来。这符合他不将就的性格和精雅的生活品位。

有人觉得章先生一直是个半隐半仙的名士，我倒以为章先生并非没有俗名，成名也不晚。改革开放后，中央电大开设远程书法教育课，章先生是最早受聘的讲座教授之一。那时候被邀者大多有真才实学，而且在艺坛享有良好的口碑，所以聘任的教授也受人尊敬，大学也不像现在这样动不动就发聘书。这固然与当时的社会风气有关，也与主持者有关。我知道当时负责中央电大书法教育的，是毕业于中山大学的吴鸿清——一个为人老派做事踏实而且好酒的先生。当然，还不得不说那时的评价体系还相对公允。我举这个例子，是想说章先生在他生活的时代并非寂寂无闻，即使在他与世俗意义上的书法圈隔绝往来后，还受到特立独行的"章门四友"的礼敬与追捧，即此一点，足以证明章先生的影响力。他不为名利牵绊，也显示了他内心的孤高，所有这些指向，都勾画出一个生动的名士性格。

从民国时代走过来的章先生，他所经历的成长时期和改革开放之后的情形不太一样，比如书法的品评标准、趣尚、交流方式等。他们那一代还非常讲究书法家的自我修养、技术的锻炼、讲求学问、文学上的素养，二十世纪八十年代以后，随着中国大地书法热潮的掀起，书法原有的精英属性逐渐被消解，这是章先生不愿看到的，自然无法和这种潮流一起共进。我想，他选择退守书斋，怀有复杂的心理，既有失落，也出于他维护书法传统的自觉。

现在，这位老派的文化人终于绝尘而去，连挽联都是自己预先写好："任老子婆娑风月，看儿曹整顿乾坤。"

一个时代的风流终归会化为烟云，沉淀为斑驳的岁月。若干年以后，人们谈起章汝奭先生，还会记起他那副写得既自傲又有点激愤的对子吗？！

二〇一七年九月十五日，于北京蓝旗营

佛魔「同体」的章祖安先生

　　二十世纪九十年代初，林散之的弟子王冬龄在中国书协工作。有一天他告诉我一个消息，说浙江美院的章祖安先生要招博士生，建议我去投考，还主动提出来，可以由他引荐。当年，我参加一个活动路过杭州，就请王先生带我去"浙美"拜访章先生。这不是初见，大概是第二回见章先生。章先生那里过往的人多，未必就记得我拜访过他。简短的交谈，无非是表达自己的愿望，章先生例行表示欢迎，但他最后说了一句：你肯放弃北京，静下来读书？只此一句，流露出章先生的狐疑，似乎觉得像我这样半大不小的中青年不过是托个关系，借此由头见见名人而已，并无真心求学的意思。这事后来就再无下文了。

　　对于章先生，我头一次接触印象就非常深刻。他为了演示某个书法的姿态，在我这个陌生年轻人面前来了个劈叉，让我既惊讶又担心，想不到担忧完全是多余，他劈叉后的收腿动作干净利索，丝毫没有一点拖泥带水，内心委实佩服，差点惊叫起来。后来听章先生的一个同辈讲，他对别人也这样，这是他的保留节目。凡有幸见过他的人，都能领略他那不凡的功夫。如果别人不知道章先生的身份是古典文学的教授，会误以为他是某武馆的教头。

章先生给我的印象，远不止这些，还有很本色很严厉的一面。据说浙江美院上过他课的老学生，私下都领略过他的"狠"。怎么个狠法？他上课，学生谁迟到，他不许进课堂。我没做过他的学生，没机会感受他的威严。仅有的体会是，有次去杭州，特别想再看看他的武功。那个时候章先生已搬离美院，住在城中闹市区，原定约好了某时到他那儿。谁知杭州出租车的难打和西湖一样有名，结果就无法按时赶到章府。我一看要迟到，在纷乱的街边一边找车一边打电话给章先生说明情况，我的话音未落，那头就传来："你不用来了。"我是见识过一些有脾气的名人的，像章先生那样直截了当的却是头一次碰到。

后来读章先生的作品集时发现，他写字作文照样狠。比如，他在七十五岁办的那个展览，许多内容非常有意思。如"豺狼在邑龙在野，昔贤何能今何愚"，借古讽今，够狠的。又如"英雄已过美人关"，读此初以为自夸，再读边跋文字有"力所不逮也"，乃知章先生卖了个关子，发人一笑。又如"在座谁非两面派"，是"文革"后章先生与业师王焕镳吴山喝茶时得句，深得乃师称许。杭人言章先生"狠"，而他解剖人情世故毫不留情面，骂人亦自骂，典型的绍兴人性格。许江以"三奇"概括章先生其人其学其艺，可谓知人之言。

章先生的书斋自名"佛魔居"，大意如西人浮士德所云，每个人心中都有一个天使一个恶魔，言人之两重性。某僧人看了，不以为然，说"由佛而魔，岂不有渎我佛"。而章先生不为所动，照旧坚持他的"佛魔居"。

章先生如此之"狠"，当然不是不食人间烟火的书呆子。

我读过章先生回忆恩师陆维钊先生的文章，写他年龄大了，还没有交女朋友，陆老为此很着急，给章先生张罗。文章写到这一节，我都能感受到章先生走笔时眼泪簌簌的情态。友人陶钧曾在"浙美"求学，讲起章先生关照学生的事，也让人动情。每年中秋节，章先生照例要给自己的学生送月饼，有时自掏腰包请学生到附近饭馆吃一顿。事不算大，但对远离家乡来杭求学的学生而言，在心理上是莫大的安慰。还有，学生每年下乡实践，大多缺钱，都是睡大通铺，伙食也差。只要是章先生带队，总是想方设法让学生少花点钱，食宿好一点。一向清高的章先生，每在这个时候就放下架子，利用自己的关系，送点字，来改善同学们艰苦的下乡生活。从师德来衡量，章先生大概称得上德教双馨。

还有一件事是听来的传闻。说是二十世纪八十年代后期，章先生和同城的书家一起卖字，某书家为了多卖，主动降价，这样做，就陷别的书家于尴尬。章先生听说了，二话没说退出了。这些多少表明了章先生处事有原则。

章先生那里，还有一些民国学人的遗风。当他在报纸上看到某人文章写得不错，会花时间去打探这个作者的情况，主动给作者写信。这种事放在今天有点不可思议，因为今天在某领域里有点影响的人，平时都很忙，哪有闲心去关心一个素昧平生的无名作者？章先生是个例外。我手头保存了一封章先生的信。谈到我写的那些怀人文章，他认为我写文章是动了真感情的。信中说："回忆某已故老先生，无限的惆怅，一丝淡淡的哀愁，看了使人为之回肠。我们上一代文人能之，至我们一代已绝。非学而能者，实与天生多情密切相关。但写此等文，我觉损人身体，特为我兄忧耳。"有一次我问章先生：为什么会这样做？他说当年他还是一个小青年时，投稿给《语文》杂志，回信的是主编吕叔湘先生。我于是明白章先生这样做的出处，但这样的好传统，现在正在消失，所以显得尤为珍贵。

再说点题外话。

二〇一四年我的一本小书要出版。章先生的文章我是喜欢的，文字写得扎实考究，说话每每有来历，只有古典文学素养非常好的学人才能写出这样的文字。我对章先生仰慕已久，他对我好像也算赏识，又因为他七十五岁时中国美院出《章祖安其艺其人》，我应约写过一篇文字。就壮胆给他发短信，请他为小书写个几百字的小序。隔了两三天，才接到章先生的回复，说他"年龄大了，现在不给外人作序，只有自己的弟子和学生例外"。收到章先生的短信，我不知道如何是好。感觉章先生"狠"得有意思，即便是拒绝，也是一波三折。

我原以为跟章先生的交往从此转淡，没想到他还是照旧往还。章先生心系的一位艺术史学者，也是我熟悉的老师。因为这层关系，章先生经常给我发短信，询问情况。至今还保持着不远不近的关系。原来章先生把一码事和另一码事分得清楚,绝不纠缠。

去年下半年,章先生携新作来北京国家博物馆办个展,声势浩大,不少书法界的头面人物都赶去捧场,现场场面极其壮观。展览开幕一周后,某天晚上忽然接到章先生电话,大意是"知道你不喜热闹场合,事先没通知,现在展厅平静下来,抽空过来看看"。当时只觉得章先生很体贴,从我这个角度,显然又感受到他人情味的一面。

我有时候静下来细细思量,发现和章先生的交往,也是奇峰突起,又屡屡峰回路转。章先生现在已是八十开外的人了。据说平时还能做一些高难度动作,这和他有内功的书法一样,常常会给人惊奇。

好一个生命元气鼓荡的章先生!

二〇一七年七月十九日,于北京仰山桥

漫说吉舟居士——石开

我很早就知道石开，他与众不同，所以对他颇为留意。石开给我的印象在一九九〇年前，始终定格在《书法》杂志发表的那张脱帽半身像：西装领结，鼻子上架一眼镜。一九九〇年，石开来京才得以一睹他的真面，而这时，石开已非人世间应时的装扮：蓄一头长发，留须，鼻梁上可以增添文雅气质的眼镜已消失，着一牛仔裤，洒洒落落，一副抱道者的风范。初视愕然，再视俨然，三视蔼然。随便中的精心，精心中的随便，猛然觉得，其人其艺，何其相似！着装派头与其印章面貌惊人的一致。

石开给人印象最深的当然是他费尽心机气血刻凿的印章，第二是他的文章。如果说石开用自己的印章已经在人群中树立了一个形象，那么他的文笔则起到这样的作用：丰富了印章树立的艺术形象，并且使这个形象有血有肉、鲜明生动起来。举一个例子，在《书法博览》上他发表了《攀谈几句》一文，直言不讳地批评了当今书坛上知名度颇高的名人，和前几年石开发在《书法报》上评李骆公先生篆刻一文的思路，是一致的。人们在读这些文章时，首先注意的不是那些被批评的对象，而是作者的勇气和胆识。在缺少批评气氛的书坛，敢于放言，而对象又是书坛名人，这不仅需要勇气，还需要足够的胆识。人们钦佩之余，也对作者产生了好感。这种行为在当时毕竟是凤毛麟角。

讲起石开的真诚，我想起一件事。一九九〇年秋，石开应邀到中央美院，为书法艺术研究室的同学授课。石开讲课形式不同于其他来我们这儿讲课的先生。觉得他随机而发的东西多些，但我们的反应是好的。在此之前"浙美"书法班的几个学生赴陕西实习，归途上路过北京稍事停留，便来中央美院玩，说起了石开一九七八年报考"浙美"书法研究生未予录取的事。我们估计石开来京，对于自己的这件不顺畅的事，不会谈起。想不到石开第三天就主动把他报考"浙美"名落孙山的事情给我们抖搂出来，反倒让我们过意不去。我讲这个小插曲，只是想说，石开的聪明，非同一般。既然这是公开的秘密，何必讳言，不妨先讲出来，这种举动一半出于他知己知彼，一半出于他的坦诚，一般人做不到，也不愿做。

翻过石开真诚、机智的一面，另一面则是他的风趣、幽默。大多数人认识石开，只限于他的印章，其实他的这一面，在他一些文章里也时有流露。他在《知己知彼》这篇随笔中有段自白："我曾在某杂志上说自己受到西方某抽象派画家的启发，实在是故弄玄虚的玩笑而已。"在石开成名站稳脚跟之后，由作者自己来戳穿这个一九八三年精心制作的"谜"，说明石开喜欢"开玩笑"外，还有什么？

去年石开在《书法报》谈当代篆刻三家（韩天衡、刘一闻、王镛）的文章，又引起了人们的注意。通过这篇文章，使我们又一次认识了他的艺术主张、思想、治艺方法。也就是说，石开借评述对象说出自己及与自己相关的一切。

石开评的三家中，有两家是海派实力人物。这里想顺便说说石开与海派的关系：石开为世人所知，始于《书法》杂志举办的全国首次篆刻评展。这是石开登上印坛，成为知名人物的第一阶梯，地点上海。这个起点是辉煌的，令人铭心刻骨。其次是上海书店出版社推出的一系列印人丛书，中年印人中，石开幸运地成为这套丛书第一个外地印人，上海对于石开的种种厚爱，以及石开对于海派中年实力人物友善的态度，我认为始终是不可忽略的。

石开有句名言："为人处世仰古风，艺术随时代。"我觉得他的确是这样做的。除了让"随时代"的艺术说话，还用带古风的为人处世来充实自己。他最有力的手段之一就是为文。石开的文风与他的印风是很相近的，娓娓道来，没有一般惯于写高头文章的理论家玄乎的恶习，随和得一般人很容易读懂，石开也乐意这么做，用这种方式连同他作品搭起了一座与读者联系的桥梁。在当代印人群里石开成功地做到了这点，也正因为这一点他有了超出其他印人的魅力。

此外，"仰古风"的趣闻逸事也不妨说一说。

第一则。见于《石开印谱》后记。原话不长，照录：

"我原姓刘，石开是出生时父亲给取的名字。后来学印，发现姓刘的原来在三代是靠当屠夫发家，遂恶之不复使用，并易为姓石。"

第二则。最近在篆刻展作品集中看到的。石开有枚印"双龙镇上巴女故事"。印侧有长长的款识，记录了知晓这个"故事"底里的先生小姐的名字。我暂时保留这个谜底，希望款识上提到的哪位先生来公布"故事"的原委。既是佳话，当然就需必要的缀饰，如此才热闹有气氛，而逸事的当事人才因此分外的有风采。

还有一则。石开来京讲篆刻，曾向某同学借读《当代中年著名篆刻家作品选》，待石开交还时，我们发现石开在上面批了好些评注。集子收录的全是当代的"名公大家"，写下的都是石开的心得之悟。有朝一日把它整理出来公布于世，既为印坛提供一份难得的批评资料，又可看作是石开旅京的佳话。这则逸事的本身，又能相当真实地反映石开其人。他扮演的角色何止是一个属于个体劳动性质的艺术家。他是艺术舞台上一个实实在在的参与者、竞技人。

陆陆续续读石开的文章、作品，觉得石开可写的东西很多。正因为这样，从各个不同的面去挖掘，难免会发现一些矛盾、抵牾。尽管这样，我丝毫不怀疑石开的真诚，以及石开在袒露真诚之时所包含的某种机智、韬略。因此我在读他的作品、文章时，不能不多加思索，还得时时策醒自己：石开是不是又在同我们开玩笑？

一九九七年三月二日

「现代性」的邱振中

最近看到李仲芳先生写的《我所认识的书法研究生》一文，引起了我的兴趣。八十年代起来的一辈青年书法家现在都快五十上下的人了，十年一瞬，昔日的年轻书家如今也迈入了"老"书家的行列。李文写的"浙美"书法研究生，有四位，作者与邱振中不熟，没写。他留下的空白，我愿意试一试，写写我所认识的邱振中。

与邱振中第一次接触是九十年代初，王镛老师请他来中央美院讲授书法美学。邱振中在书法界是有名的一把"西洋手术刀"，我读过他论述三种常见笔法的论文，用动力学的原理来研究，方法很独到。见到他，果然风度翩翩。

邱振中上课，涉及的门类多，第一次听他课，缺乏必要的准备，总的感觉是脑子跟不上。上了若干天课，我们提出要求印发讲义，邱先生说他手头也只有一份中央电大的书法美学教程，没有别的资料。他当时还在江西师大任教，我们的课程是预先排定的，临时不便改。事后，我问他有没有补救的办法，他说可以看一些参考书，让我们私下找。书目开出来，吓一跳，十来本，这还是最精简的。我是当时书法班的班长，喜欢新东西，邱振中开的书目，自知看不了，偷工减料只去商务买了一本皮亚杰的《儿童心理学》，这本薄薄的小书，当时只翻了一翻，就扔下了。邱振中讲课嗓音很醇厚，我那时的直觉，这样的音调是训练过的。他跟学生保留着一段距离，课堂上，与课程不相关的话几乎没有。书法美学课结束，整整记了一大本，留在脑子里的，"书法美学"一门不像有些论家们说的那么虚乎，倒是很实在的。书法美学有它的基础，包含传播、接受、社会、心理学等学科内容。我后来不敢碰"书法美学"多半是受了邱振中这次课的影响，自己在这方面的积累，前期准备等于零，也就不敢冒冒失失地问津。也是这次书法美学课，我跟邱振中有了较多的接触，他是个典型的南方学人，在人生态度上学术上与北方那些名士风度十足的学者们大相径庭。

在邱振中眼里，一些被人熟视无睹的现象都会引起他的注意，如"什么是书法"，写字的人也许会觉得可笑，"什么是书法"也是问题？在邱振中那里，一经追问，就成了重要的问题。与邱振中接触，感受最深的是刘涛老师常常说起的一句话"最熟悉的现象中有最复杂的问题"，一个学人的学术敏感常常能在这些细微处反映出来。

一九九七年，邱振中去日本讲学两年后回国，借住在北大燕园。我曾接到过他打给我的电话，告诉我他回国的消息。后来去北大看过他，邱的容止似乎比以前从容平和一些，一切显得自然。我在他工作室兼书房的屋子里啜着苦茶聊天。他谈了旅日的情况，谈了他目前的兴趣所向，也询问我这些年的状况。我在他的印象中，还算个爱思考的人，这些年来应该做些事情，但很遗憾，我告诉他我失去了把书法作为事业的信心，尽管我喜欢书法。我表达了自己对当前书坛的看法，不满时下书法创作的流向，厌恶以展览为中心的创作意识，以为形式化最终的结局将葬送传统书法里最优秀最有特色的东西。然而，另一方面，当代书法人遇到了前所未有的困难，传统的文化背景已经消退，迷恋传统书法的书人，他们的心理、文化支持又在哪里？传统书法的完美与传统书法在今天的际遇，是稍微清醒一点的书法人都意识到的。我不敢说所有对现代书法有企图的人都是这样想的，但书法界一些带有实验意义的探索性书法的出现，的确也非空穴来风。我也表达了对方兴未艾的"现代书法"的忧虑，从事书法现代性探索的书法人缺乏方法，或在理解处理书法的现代性上把根植在宗教、文化与东方不同的欧陆板块上，也许最后也能获得结果，但是不是可称之为"书法"大概是个谜。邱振中对于当代书法的前途比我要乐观。他认为书法的现代性问题是极值得用心的，至今它还是一块未开垦的土壤。他的这些话，带着很重的使命感，不像我们六十年代出生的人，"使命感"是一个遥远的话题。由邱振中的话，又想起了他的导师陆维钊先生，深深叹服这位中国书法高等教育奠基人的深谋远虑，招生时识人选人的独具慧眼。

在书法理论上，邱振中是个独行者，这不单指他从事的研究工作。观察他八十年代以来，主要依靠个人的著述在这个领域安身立命，很少依傍集团或借助集团的势力来壮大自己的力量，保持了相对的独立性。在中国的书法理论界，那样保持相对独立性的人物并不太多。也许是这个原因，邱振中的学术园地很少有时下的庸俗和浮夸。也是同样的原因，邱振中在今天繁荣的书坛显得孤寂。他孤独地行走着，他敢“独行”，应该是他自信的表现。

理论家之外，邱振中也搞创作。关于他的创作，我听到的意见，认为他的书法缺乏表现力，以时下的眼光去看，邱的字显得单薄文弱，和“张力”之类的词基本不发生关系。据我的了解，邱振中的字有他的追求，以行草书为例，他对书写的节奏感比较注重，对此，我怀疑他的连绵草书受了日本女手书法的影响，魄力稍逊，但看起来十分优美有情致，我非常喜欢其墨线中逸出来的悠宛之情——细腻而诗心十足。曾经当面跟邱振中说过，他的字确切一点说，应该称作“诗人之书”书写，侧重个人性的表达，重氛围，在节奏、墨韵、书写方式上都传达了这样的意向。

像邱振中这样在理论上有素养的人，带着想法去创作，那是肯定的事。我在一个场合目击过这样的情形：有人拿着册页遍请名流们写字，轮到邱振中，他迟疑了再三，对索书者说，写什么好呢？最后在册页上签了名字、年月。我没有看到过邱振中当众挥毫的场面，以他写字的资历，对客挥毫应该不成问题，但他只以签名相应，想是不愿与满场名家做相同的事。只签名字，在我看来更像是西方球星、影星的做派。

邱振中的书法创作里，最辉煌的无疑是他一九八九年在中国美术馆举办个展时展出的"最初的四个系列"。如果我们不了解邱在理论上的业绩，他的"四个系列"正提供了这样的窗口。邱振中把他对书法的思考用文字写下的同时，也用手里的毛笔把他的思考用书法的形式呈现于纸面，他想把自己的理性思考与感性创作贴合起来，企求互相支持。当人们对他"最初的四个系列"众说纷纭时，邱振中却以"四个系列"引以为自豪。但在日本书家谷川雅夫的眼里，邱的"系列"至少有两个是在日本已经出现过的。然而，以中国当代书法界的创作实情而言，邱振中的"四个系列"所创下的纪录，至今还保留着领先的地位。

一九九八年三月

「注释」王冬龄

一九九三年王冬龄从美国回来后，次年就在中国美术馆举办他的个人书法展。对于王冬龄来说，借助这个展览，告诉书法界关心他的朋友们，旅美四年后他个人的境况（有人们最关注的他的创作活动，从作品又能窥测他在想些什么）。这个展览也许还有别的意义，就是通过展览，接续他同书法界的关系，犹如他旅美归来的"新闻发布会"，宣布我又回来了。

这个展览会上，我领略到书法之外的王冬龄。至今仍记忆犹新，这个展览从策划到实施基本是由他一个人完成的（包括出一本大型作品集）。据他介绍作品也是四个月里做出来。我从王冬龄的个展看到了他从美国带回来的生活艺术节奏，他的工作效率及精力，也许这样的动力和干劲才称得上是现代艺术家。

在这个展览上看到他的许多作品，大至覆盖展厅一个墙面的巨幅草书，小至写在日本镜片上的蝇头小楷。不

过，这些作品并未引起我的震动。对我来说，他放大书写
的经生字作品才让我惊骇。凡有书写体验的人都知道每一
种书体都有它的极限，一种书体的形体气质和它特定的规
模有关。有些书体一旦放大，形体和精神非常容易分裂，
王冬龄笔下的经生字放大至六十厘米左右，写经体的意味
依然葆有，从中可以看到他绝好的摹形功夫和传达神韵的
能力。这种能力可以称之为控制力，颇能看出一个艺术家
的动手能力，证实他在这方面的天赋。能说明他能力的还
有他的小字，如展品中的仿唐代经生体小字。但是这些作
品让人看到的还只是他的能力，似乎与他的创造力缺少某
种必然的关联。

除传统类作品，展览上还有一类被归为现代性作品，
带有书法情调的水墨抽象，此外，有直接在外文杂志上书
写汉字。这类作品中，受观赏者普遍关注的是一幅用朱砂
草书的"舞"字，写在一张《纽约时报》上，作品的引人
之处是它的表达方式。书法的表达原是有它特定的要求，
限制在宣纸、毛笔、墨、汉字区域内。在这幅作品里，有
些因素被抽掉了，用了代替品，比如用《纽约时报》替代
中国的宣纸。在读者看来，中国汉字被写在西文报纸上，
这里有一点隐喻，汉字出现的背景更改了，熟悉的陌生的
共存于一体。我在展厅里浏览这幅作品，第一反应就是王
冬龄作为一个书法家生活在西方文化背景的美国，这幅作
品里有作者海外生活的某些影子。我未询问过王冬龄为何
会想到利用《纽约时报》做纸书写作品，答案可能和我的
推想会有一点出入，但作品所包含的象征意义则是显而易
见的，这与作者的经历有关。

也是在这一次，我同王冬龄有过一次长谈。王冬龄从传统书法里开始自己的创作行程。林散之的草书对他有不容置疑的影响，可以说没有林散之，也就没有后来的王冬龄。王冬龄后来师事陆维钊、沙孟海，和陆维钊接触的时间太短，似乎没给王冬龄造成什么影响，如果说有，只是名师特有的感染力。这种感染力以后又透过王冬龄的作品部分地传达过来。

在陆维钊五位研究生中，王冬龄的操作能力是有目共睹的。他的笔性适于连绵书写。王冬龄擅长的草书，属于讲究节奏一类，线条兼容了篆书的部分写法，后来，王冬龄又将草书的硬瘦线条参以颜体的壮腴，形成自己清新刚健的王家新体。另外，他对水和墨的拓展完成了其创作从传统与现代的接续，为他日后现代书法创作埋下伏笔。八十年代中晚期是王冬龄创作最活跃的一个时期，他备受各方关注，成为新时期的代表书家。

回顾王冬龄近二十年来走过的行程，一九八七年在美术馆的个展，也许可以看成是他作为一个传统型书家贡献的峰值。尽管王冬龄在一九八七年前已经开始从事书法的现代性探索了，但那时他的探索更多地限定在材料、笔墨形式。我想说的是，王冬龄心存与国际艺术接轨的愿望，而他对于西方现代艺术的真实处境缺乏足够的心理准备，这样的探索较多地落脚在"纸面"上，或者说受理念上的指引，和真正进入现代化背景的创作还不是一回事。我一直把王冬龄的旅美生活看成是他进入现代艺术语境的开始，生活方式的转换使他介入现代艺术有了来自现实生活的支持。一种生活方式给他不同的视觉概念，使他已有的笔墨技巧和新观念有机会结伴而行。在这一点上，他的现代书法和旅美生活是可以互为注释的。传统和现代化的命题，在王冬龄身上毫无虚妄之处。包括王冬龄一九九六年主创的"国际首届书法双年展"也是他在旅美生活中获得的大艺术观的延伸。

一九八九年是王冬龄创作上的一条分界线。他在这个年份上有了一个转折，转变的动力既是生活背景，也有经生活环境带动由艺术观引发的寻求新的艺术灵感的企望。以后王冬龄的创作还保留着传统类作品，但他创作的支点则完全挪到了现代性书法一头。

国内书法界人士对王冬龄的认识聚焦在传统类作品，对他近年来的作品、形式、写法上的程式化倾向有些意见。传统类作品有它的习见，显而易见评价要容易些。而对于他现代性作品，反应小些。积极的，处于世纪之交，主张探索；保守的，说传统的东西都没弄好，搞什么现代书法。我曾听邱振中谈起过王冬龄，他说，王冬龄是少数同时能跨越传统和现代书法两个领域的书家之一。传统与现代是两种不同体系的艺术。邱以眼光苛刻著称，他这样说，对王冬龄传统和现代书法等方面能力大约都不曾怀疑过。

我对王冬龄一直心存敬佩，来源于他对艺术的虔诚，对艺术近乎忘我的投入。一九九六年国际书法双年展在杭州开展，我被邀请前往。那次，我跟王冬龄提出来想参观他的工作室，他很忙，但还是答应了我的请求。在我看来，看一个艺术家怎样，不必听他说些什么，只须看一看他的工作室。我的这种看法受到石鲁的影响。王冬龄的工作室堆满了宣纸,还有一堆作品,不十分像工作室,倒是非常像贮物的仓库。我在他的工作室看他写的字,还有他即兴画的笔墨画,沙孟海借去写巨幅"实践"的大笔也挂在那里。工作室杂乱无章,不像是供人参观的地方。也就是在这个地方,王冬龄给我看一大叠临字的毛边纸,上面标有临写的日期。这有点让我感动,在今天那些走红的中青年书法家里,有几个还能这样在家老老实实伏案临帖呢?从这里却可看到王冬龄对于他年轻时就倾心的书法事业的态度。他在把手伸向"现代"的过程中,不曾一刻忘记哺育他的传统,这大概是挂在"现代"书法家王冬龄名下中西兼容,带有大艺术情怀的线路图。

附:

  这篇文章,本该几年前写出来的。王冬龄一九九四年在中国美术馆办个展,就打算以"注释王冬龄"为题,通过对他作品背景的注释,解读他的艺术思想。做法上有点传统,采用清代朴学家的手法。我想,当一个传统类书家转换成一个现代型书家,中间有许多东西需要交代。注解那些隐在作品内外的"关系"就有了必要。我这个想法因事被耽搁,直到现在才有时间坐下来写下自己的观察。

一九九七年

同樂人少尾奈瑧偉之質長挺焉
邈乎櫟通曠清恪敔自天然冰黖
寰嚮璘弱冠稱仁詠歌車卿

鳴天先生正誂

戊午重孟 宋丁

宋季丁墨迹

谭以文《竹石》

題宋小翠軒梅吟草

差喜家常曾閉戶　製衣手挌和珠玉与隋珠千

秋知色李芳菲　絶代雜文曹大家湖海

第存兒女　筆溪山情寄隱居圖

晚睛滿眼詞人老　劍脾琴心一例孤

朵雲軒

沈禹钟诗笺

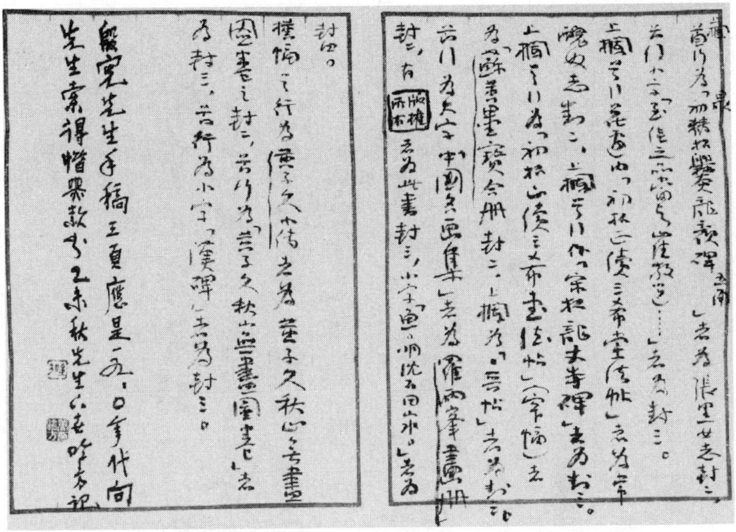

殷宪题跋

吴东昆诗笺

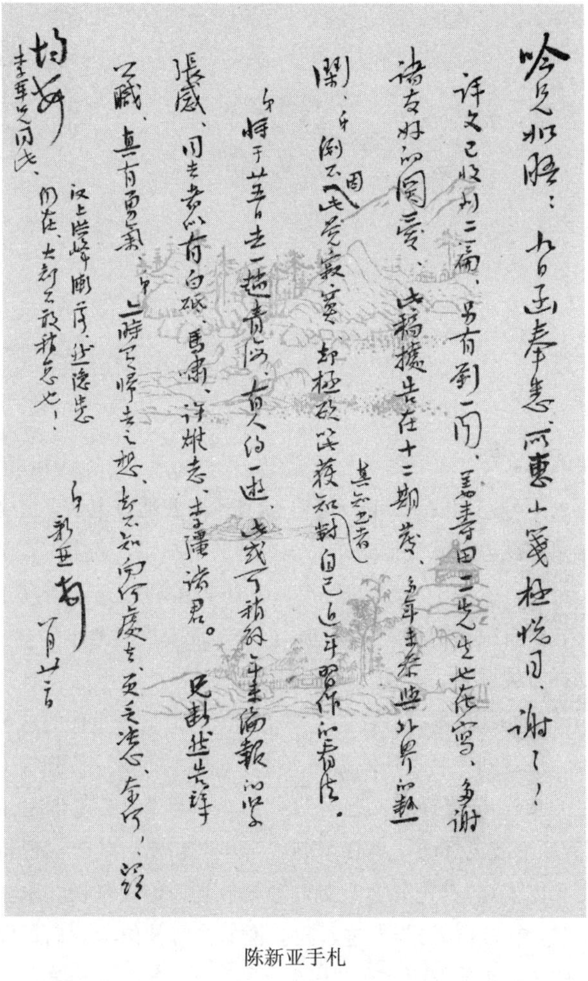

关于傅其伦

笑我兄：

十号网信收到。昨天上午傅其伦跟我通过电话，说寄书事，就等着欣赏他的作品集。傅的书画印，老实说，篆刻最好，专注于汉官印范式，走朴实猛利一路，霸气不小，还有很重的程式化倾向，但一个江南人能把印章刻得那样方棱厚重，丝毫不落轻薄妖艳之态，似乎已很难得了。对傅其伦屡有好评的上海书画家，恰恰看重他的这一点，侪辈刘一闻直呼傅为嘉兴才子，钱君匋对这位狂气十足的弟子称赏有加，题写过"出入秦汉"，王遽常写了"管领烟波三百顷，冥搜篆刻二千年"相赠，陆俨少说得更具体了："其伦兄之篆刻，独擅胜场，绝去依傍，取法秦隶，朴茂可喜。"不过，我要说的，傅其伦给我们最深的印象乃是他的印章有"南人北相"。

嘉兴是个大有印学渊源的地方，出过不少这方面的人才，从前嘉兴还有嘉禾印派，我劝过傅其伦重振嘉禾印派雄风，他内心可能也想过。八十年代刻印的人匆匆忙忙赶潮，顾不上；九十年代艺术受经济的冲击被冷落了（热的当然也有，如书画市场和展览），要重温进入历史的"嘉禾印派"谈何容易。即使傅其伦举起这面旗帜，谁来呼应，又有谁来匡扶风雅，问题一大堆。从嘉禾印派想到二十世纪初，杭州印学青年办"西泠印社"的事来。那些年轻人有感于经济潮的冲击，文化有被隐没的危险，才挺身而出办"西泠印社"，他们提出"保存金石，研究印学"的口号，可知他们的文化理想。但西泠印社的成立也是有经济背景的，如果当初没有丁仁的捐地捐屋，吴隐的各处联络拉赞助，唐醉石外祖等人的慷慨捐助，西泠四子的文化理想看来也难以兑现。现在回顾这段历史，西泠四子是敏感之士，在一个新时代来临之际，他们先有了某种预感，替民族文化的前途担忧，这种担忧，实在是爱之太深的缘故。一般人看西泠印社成立的意义，只在开了印人结社的先河，而我觉得西泠印社的成立寄托着他们那代人的文化理想。西泠印社至今还在，社员不少，但其声气，若拿文化理想去考究，今天的西泠印社确实无法与初创时期相提并论了。

我有时在想，西泠印社的根基那样好，发展到现在尚且如此，像"嘉禾印派"这个历史上曾有过又隐没的印学流派，要从历史中钩沉挖掘，发扬光大，这又是何等艰巨的工程，怕不是一人之力所能为的。多年前傅其伦组过嘉兴印社，但这个印社的命运不佳，它和八十年代成立的许许多多印社一样，隐弱不显，即存其名，而其实难副，更遑论有所贡献。其伦后来从印社的情结中走出来，重新回到他的起点，一个人孤独地在嘉兴这块文化厚土上逍遥，这中间大约多少有点无可奈何的不得意。

我忘了在什么时候，跟友人谈起过傅其伦，说他虽然占籍浙江，但他天生与海派有缘。考察一下，近代嘉兴人成为海派名家者不乏其人，历史上有张子祥、蒲华、沈曾植、王遽常等，印人中则有朱其石等。我在《雀巢语屑》里写到过：

傅其伦，嘉兴人，张振维弟子，工印，宗浙派，刻印善用切刀，自称钱松岩后身，于己作颇自许。早岁攻砖刻，《大风歌》为其代表作，携之沪上，得王个簃品题。治印而外，好发狂论，议当代名家短长，毫无顾忌。虽身处浙江地而结交多为沪上人。其艺甚受海派赏识，传闻程十发爱其才，以一幅画为代价，与其交换印章，刘一闻则再三撰文推扬，其伦之扬名，实得海派之助甚多。

事实就是这样。傅其伦也有一点例外，他没有像历史上的嘉兴籍印人那样移居上海，仍生活在嘉兴。于是对傅其伦的印章也就有了这样的一个认识：建立在海派交游圈上的浙派面目，他无疑是挂在浙江印人名下的"错版"。错版邮票很珍贵，艺术家的情形怕未必如此了——这是傅其伦面临的真实处境，有点儿难。想跟傅其伦重提"嘉禾印派"，以为这是他摆脱夹角地位的皈依，鲁迅翁说过：路是人走出来的。

傅其伦这位嘉兴才子冉冉兮老矣，五十之年依旧苦恋朱白，出版了他的第二部作品集，为前五十年送别，为奔向将来的岁月壮行，英雄豪气，未稍消歇——无憾于手中的一支铁笔。钱君匋生前说傅其伦"倒行逆施，一意孤行"，坚持自己的主见，要付出代价。傅其伦此生托命于篆刻，大概早就准备同篆刻相始终了。

我还没有看到他的第二本集子，就匆匆忙忙写下了自己的感想——不必说，这是傅其伦从前给我的印象。我这样做，也有点迫不得已，怕他作品集里面个性太强悍的新作扰乱了我的视觉神经。

北京今天下了第二场雪，漫天飞白，记起画家黄永玉一本书的题目《吴世茫》，这其实是"无事忙"的谐音。白雪映窗，坐在家里握笔谈故乡印人，这是不是"无事忙"呢。

二〇〇〇年一月十一日

钱君匋的藏印

钱君匋是当代的名印人。生前收藏过不少印章，著名的有晚清三家赵之谦、黄牧甫、吴昌硕的印章，数量不少，有三百七十一枚。其中，最有价值的是赵之谦的印章，他传世的作品本来就少，钱君匋一个人就藏一百零一方，的确是很难得很珍贵的。八十年代，浙江桐乡建君匋艺术院，钱把自己的藏品捐献给桐乡，三家原石三百七十一枚都在院中。

三家印章原石是钱君匋一九五五年至一九六五年之间陆续得到的。八十年代后期，我在桐乡观赏过原石，印石保存完好，上面那厚厚的一层包浆，分明是它们辗转迁播留下的痕迹。摩挲印石，让人心驰神往，浮想联翩。

钱君匋爱重三家手泽，他以"苦（苦铁吴昌硕）无（无闷赵之谦）倦（倦叟黄牧甫）斋"命名书斋。这个命名的含义，使人想起徐悲鸿盖在"八十七神仙卷"上的那方"悲鸿生命"。钱君匋的"苦无倦斋"出于相同的情

怀，表达他对前辈的钦慕、敬仰，也还蕴积一份东寻西觅
难忘难舍的心绪。就是这个书斋名，"文革"中，还有过
一个插曲，造反派们不知"苦无倦斋"何指，竟以四个字
的谐音批判钱苦于"没有权抓"要翻天的狼子野心。来楚
生为钱君匋刻过这个书斋名，印文歪歪斜斜，支离破碎。

这三家印章，钱君匋在一九六〇年、一九六二年、一
九六六年打印成谱，编成《豫堂藏印》甲集（赵谱）、乙
集（吴谱）和《丛翠堂藏印》。他生前将三家六十年代的
打印本印谱交给安徽美术出版社，一九九八年十月以《钱
君匋藏印谱》为名出版。

每部印谱前有钱君匋自己写的序，叙述收藏的原委。
甲集赵之谦谱，一九六〇年十月编成，这部印章，钱投入
的心血最多。据钱自序，他四十年代开始对赵之谦印章发
生兴趣，那时钱也收赵的书画，一九五五年在天津收得赵
印一百零一枚。拓这部印谱时，还向友人张鲁庵、葛锡
祺、葛书征、矫毅借了若干钮。收入印谱的赵印，有些是
赵的自用印，没有边款，钱陆陆续续为它们补上边款。钱
序特别提到张鲁庵为拓谱提供纸张印泥，张是民国时期有
名的印谱收藏家和制印泥的专家。乙集吴昌硕谱，一九六
二年拓就编成。印章的来源注明为友人赠送、交换和购
藏。钱当年动念收吴印到乙集编成，距吴缶翁下世才三十
多年。缶翁晚年一直生活在上海，他的印章，当时市面上
还不难寻找，孰料几十年后，这些吴印转成了艺术史中的
珍品了。乙谱用的三十年前的旧制竹纸以及精制印泥也是
由张鲁庵提供的。摹拓由符骥良、华镜泉承担，收印一百
一十一枚。《丛翠堂藏印》是一九六六年编成的，这批印

章得自广州，共一百五十九枚。这三部印谱做得最当行最让人称道的，是集后的注释部分。每一枚印章的印文内容和边款内容，包括印石质地、钮式都有详细的记录，印章的具体情况，只要对照印谱，便一目了然。钱君匋从刻印到藏印，经历过甘苦，他懂得个中的滋味，轮到他编自己的藏印，这些内容标得清清楚楚。自然，这种做法不是从钱氏开始，西泠印社创始人之一丁辅之一九〇四年编《西泠八家印选》时就这样做了，还附考订，甚至连原石上的裂纹都记明了。著录之外，保存了一段中国鉴藏家把玩微观艺术时的细腻及悠漫的情致，是文化，更是身心交融的艺术。

钱君匋的三家藏印，安徽美术出版社不是第一次刊布。一九九二年浙江人民美术出版社以《君匋艺术院藏印集》出过一次，不过选入的印章不全。这本八开彩印集子，印刷质量上乘，装帧豪华，是我目前见到的印谱类出版物中最漂亮，最气派的一种。吴、赵、黄三家而外，另外赵次闲、吴让之、徐三庚、易大庵、赵叔孺、齐白石、陈师曾、来楚生的作品。这个名单，可以看出藏主的兴趣所在。这本印谱对印章的展示是全方位的，印拓、封泥、边款、印石留真，尚有部分印拓放大印刷，编排上采用画册的方法，视觉效果奇佳，但使用并不方便，集子用的拓片也还都是新拓的。集后的注释部分和安徽美术版相同。

相对于浙江人美版，安徽美术版钱藏三家印谱自然逊色了，开本较窄，长方形的二十四开。唯每页一印，想是保存了原打印谱的格式。钱君匋于一九九八年八月去世。印谱成书于当年十月，他本人没有看到出版后的印书。出版社写的前言，有一处小失误，云"先生晚年将这部分印章全部捐献给了浙江桐庐君匋艺术院"，"桐庐"应是"桐乡"。这叫人有点感慨，还是眼前的事，已成这般，若时间再远一点，情况又会怎样呢？我在想，如果钱君匋还健在，这样的小失误，不知会不会出现呢？当然，这已是三家印谱外的话题了。

一九九九年三月八日，于雀巢

潘伯鹰的《中国书法简论》

潘伯鹰一九五五年版《中国书法简论》，与一九六二年由上海人民美术出版社出的同名著述内容上有些差异；二十世纪五十年代的《中国书法简论》只是一本教人怎样学习书法的小册子，潘伯鹰按目次的排列有以下内容：一、引论；二、书画同源与笔法；三、正确的执笔；四、如何用笔；五、从结字和用笔入门；六、如何临习；七、途径示范；八、笔墨纸砚；九、参考书举例。从该书的目录看出他对于书法的基本立场，是笔法中心论的赞同者。九个章节中，有四个章节的内容和"笔法"有关。他在这本书的"引论"部分特意交代，说明把重点放在楷行草三体，晋代王羲之的出现是书法进入自觉的标志，这本小册子所谈的"笔法"，自然是指中国书法史中的二王笔法传承体系。当我们走过二十世纪，回过头再来看这一百年来的书法读物，会发现潘伯鹰《中国书法简论》是唯一一本从笔法的角度去观察书法演化的书。书法，在潘伯鹰那里实实在在是有法可依的，那"法"的中心就是他用一本书去勾勒的"笔法"。

《中国书法简论》到一九六二年重新出版时，潘伯鹰又加入了书法史部分内容。他把原先怎样入手学书的部分定为卷上，而把新增的内容定为卷下。卷下的目次如下：一、欣赏；二、隶书的重要作用；三、晋后书派鸟瞰；四、二王；五、虞欧褚薛；六、李孙张素；七、颜柳；八、杨凝式与李建中；九、苏黄米蔡；十、赵孟頫；十一、明清书势。如果卷上还只是在"怎样写"上强调笔法的重要性，卷下则从书法史的背景指出笔法在书法演进中的重要作用。从卷下的目录安排看出他的用意所在：专注于二王的书法体系。体现在章节内容上，书史叙述以王羲之为起点，对二王之前的书法以"隶书的重要作用"一笔带过。隶书是中国书法史上重要一环，向上攀援直接大小篆，往下延伸则牵出众多名家依托的楷行草三体。潘伯鹰把隶书单独抽出来表说，还是沾了王羲之的光。依潘伯鹰的观点，王羲之不仅是一个精通隶书的大家，其更伟大的成就则在能以隶法来正确地、巧妙地、变化地移入楷行草书之中，成就一种新的体势，被后人称为"不朽的典范"。现在的楷行草书的笔法皆由隶书变化而来，其根本的方法来自隶书。潘伯鹰认为隶书是中国书法发展关键的一环，在这个重要的节点上，由于出现像王羲之这样承先启后的巨人，才开启了中国书法史上辉煌的晋唐之风。循着这个立场，潘伯鹰的书史撰述从隶书开始似乎也就不足为怪了。王羲之既为中国书法史的正脉，他对后世的影响巨大，中国的书法有了他，才形成了大河巨流，那么从王羲之开场做梳理正符合他在卷上交代的"所注重的，大体上只限于楷书及行草书"旨意。

潘伯鹰眼中的二王书派人物：初唐有虞欧褚薛四大家，中唐的李邕、孙过庭、张旭、怀素，晚唐的颜真卿。他们有的是二王的嫡传，有的法乳二王，从传法的角度看都属二王系统。到了五代和宋，杨凝式与李建中均渊源于欧阳询而上追二王，苏黄米蔡四家又从颜真卿、杨凝式心追二王，他们达不到唐贤的高度，二王始终是他们心中的标杆。元代的赵孟頫摆脱唐宋人的影响直入二王，是二王的嫡乳远胎。明清以下书家挟二王余势，在晋唐人那里讨生活，全无突破。六百年间只有一个董其昌能传二王法脉。潘伯鹰在叙述晋唐以来这些书坛人物时，他心目中的标准，以二王的成就为制高点，然后用这个标准去审视历史上那些受二王影响的书家，和由这些书家谱写成的书法史。二十世纪书学史上，像潘伯鹰那样以二王书系为叙述线索的，除了他别无第二人。而潘伯鹰选择晋以来的王派一系书家恰好正是中国书法史的主流，在历史上占据重要的地位。

潘伯鹰撰写这本书，似乎不能不提到二十世纪六十年代初的文化背景。上海、北京相继成立中国书法篆刻研究会。上海的老书家们从发扬民族优良艺术传统，提高民族文化精神着眼，开办青少年书法学生班，培养新一代书法爱好者。书法艺术一度呈现复兴的趋势。以潘伯鹰的体会，他写这本书缘于"书法在中国的艺术上，是最具有民族形式的一种。更有一层重要之处，那就是说，我们中国现在还有不少人是用毛笔写字"。把书法史（更确切地说是二王书派史）与书法实践合写在一起，是他觉得史观、认识和手写诸方面是互相关联的，讲书法史，为初学者提供必要的知识。这是从书法普及的角度去考虑。在学术上，沈尹默五十年代后期就在从事二王的研究，有《王羲之和王献之》《谈魏晋以来主要的几位书家》等文发表，白蕉的身体力行，表现在书法实践与对帖学理论的张扬。潘伯鹰在做书法普及工作的同时，没有忘记作为自己的历史责任，他在书的卷下提出"二王书派"实际上就是借写书法普及读物的时机，对书史上这一大流派做总的清理。或者，还有作为二十世纪海派阵营里的代表书家，对另一位领袖人物沈尹默倡导二王经典书风的回应。自从包世臣提出北派书风后，经康有为的鼓吹，晚清的书风谱系变得错综复杂。刻帖传摹失真，北魏体的兴盛与馆阁体的泛滥，阻隔了晋唐以来二王笔法的流传。潘伯鹰意识到这一点，自然还有他怀抱的精英书法观，便发心要在《中国书法简论》里为"二王书派"立史，还含有恢复晋唐传统，在书法源头上正本清源的意思。

潘伯鹰的《中国书法简论》出版后，推测在华东书法圈引起了不小的反响。现在我们看不到这方面的记录。但在一九六三年，原本也是海派书家的邓散木，在答复江苏一位书法爱好者的书信中，提到"关于书法理论书，据我所知仅上海人民美术出版社出的潘伯鹰《中国书法简论》，甚佳"。虽然只是简单的一句，从中透露出来的消息，可知书法界人士对潘书的印象是不错的。

一九九九年三月十日

半个印人

罗福颐自称只是半个印人，有人问他为什么，他答：我不会边款。罗先生从实招来的话，在我看来显得朴素有底气，不知为不知。如此这般说自己是"半个印人"其胆力非同寻常。

我欣赏罗先生的这种态度，大家风范。但是话要说回来，罗先生的朴素归朴素，以印人的标准而论，罗先生不会边款，还是不小的遗憾，一个合格的印人，边款起码要会刻的。当然，要从印章史来推敲，印人标准的订立，还有可商榷的余地。比如说隋唐以前的秦汉，印章不曾有边款一说，如果以"印宗秦汉"为准则，罗福颐自嘲式的"半个印人"听起来倒成了正宗的古法，反是那些在边款上雕龙镌凤的印人显得等而下之了。杭州印人叶一苇先生大概早就察觉到这个问题，所以他言声"篆刻宗清"，站在边款的立场上，不能不说大有深意了。

近现代像罗先生那样心存高旷古风的印人，并不多

见。大多数印人心怀明清印人，抱着"印面小世界，雕琢
大天地"的想法，不肯放过在小小边款做文章的机会。赵
之谦开风气之先，后继者一个个勇往直前，朱墨世界也端
赖一代代刻款能手的前赴后继，异彩纷呈。二十世纪初还
有一位谢磊明先生把边款作为专工，练就一手绝艺，惊天
地，泣鬼神。代表作是把王羲之《兰亭序》全篇一字不漏
刻于印边。作为印人的单向发展，以至红杏出墙，自有他
的妖娆之处。然而另一方面，他游离印章主线的创作又回
到缩微碑刻的路子上，这还算不算是印人行为呢？怕要另
立一个单项来评价他了。

　　我生也晚，少年好弄，曾跟西泠印社余正先生学过
印。余先生在今天上年纪的浙派印人里，大概也是数一数
二的，温良恭厚的外貌里藏着活泼的天性，才情功力并
茂。最佩服的是余先生为印的不偏废，综合实力极强，印
面、边款、拓款面面俱佳。我在西泠印社观摩过余先生拓
款，一面多字边款，至多两三分钟，看起来像变魔术一
般，令人大开眼界。余先生玩这门绝技是手到擒来，达到
炉火纯青的地步，他向我传授过，怎奈我天资愚钝，看时
容易做时难，回家一试，全不是一回事，始知练就一门绝
艺功夫，也是千日之功。打那时起，再不敢轻易染指拓款
之事。

　　往事如烟，想起来常觉愧对，有幸碰到良师，屡因我
懒而不学，绝学眼睁睁地还是别人家的绝学。

　　去年，友人朱京生做新文人篆刻展，邀我加盟，要求
送印拓若干，边款若干，这本是很一般的事，只因十余年
前的遭遇，至今视拓款为畏途，终于以一份清一色的印拓

了事。认真的朱兄为此专门给我写过一封信，谈拓款化一为千百之法，做法是花上一点功夫拓一份边款，然后找复印机复印，办法不错，也是时下印人习惯的做法。但我自甘堕落，连这一点信心也鼓不起来，只好以沉默相对。

印学史上有这样的事：大画家任伯年没有专门学过印章，受友朋影响，偶尔鼓刀刻款，虽生拙有加，也涩直得别具情趣。至于拓款，对于前代印人而言，谅不是什么难事，以前代印人在时间占有上和耐心的程度而言，区区拓款之事怕是不在话下吧。

二〇〇〇年二月十五日

风景忆当年

　　笺纸是完美尺牍的重要一环，受到许多文化人的重视。新文化运动的干将鲁迅反封建、反礼教，但对旧传统中的精华并无敌意，反而以赞赏的态度看待它。在寓居上海时，曾收集时人的笺纸，成就了一部《北平笺谱》，后来的雅人就凭着这本笺谱品味回溯民国时代文人书房里的清雅之趣。俞平伯年轻时为了收藏恩师周作人的翰墨，特意买了一叠彩笺送给知堂，于是就有了后来《知堂致俞平伯书札集》。老一辈文化人有情趣、有品位，与笺纸的故事也多。新中国成立后，荣宝斋印过《百花笺谱》，这是公私合营后荣宝斋聚集这个行业里的精英做成的一部笺谱，质量不可谓不好，不过，也不知是什么原因，它在文化圈里的影响总难以同《北平笺谱》匹敌。到现在，不光出不了《北平笺谱》，大概连《百花笺谱》也将成为文房中的广陵散，有关老笺纸的风花雪月随着尺牍写作的式微无可奈何地淡出人们的生活。

关于笺纸，我曾跟香港的董桥先生聊起过，才接触到这个话题，他就低声叹息。百年老店如荣宝斋、朵云轩、十竹斋还生产笺纸，板子可能还是从前的，然而，印出来的东西横看竖看不是那个味。讲究品位的董先生买不到称心如意的笺纸，只好转向古玩市场搜求民国时期的老笺纸。那个时代的东西做工还是很考究的，东西虽小手工选料毫不含糊，就连画家的图案也是精心结构的，笺纸放到现在，还有奕奕动人的神采，价格是高了点，但也是物有所值。后来我请董先生写字留念，他嫌我寄过去的笺纸太粗糙，特地从家里挑了一张清秘阁制的旧笺，笺纸中间斜出一枝月白色的月季，凝碧的绿叶愈发映出花的皎洁，这是京派代表画家陈半丁的手笔。董先生拿它写了纳兰的两首《忆江南》，书法情绪饱满，微微带点旧时月色的墨迹衬托出词意的无限惆怅。我给一个治艺术史的学者看，他说："到底是董桥，出手就有古风。"

从董先生的那张字，忽然想到两年前在北京三联书店一个编辑朋友那里看到过的一批名人学者书笺，那是老作家黄裳的旧藏。记忆中笺纸也是清秘阁、荣宝斋之类的产品。那时还在做记者的黄裳从琉璃厂买回一叠笺纸，请与学界、文坛都有交往的吴晗代求。吴晗自己对这类事没兴趣，但对友人的托付颇上心，陆陆续续请学界、文坛名人题写。题笺者的名单里有柳诒徵、乔大壮、许寿裳、马叙伦、朱自清、王统照、郭沫若、钱锺书、杨绛、沈从文等，连一向不拿毛笔写字的巴金也写了一张，虽是钢笔字的感觉，但不能不承认巴金的才华，笔势流利而有想象力。要不是黄裳当年好事，要不是吴晗的热心，这批几十年前的名人书笺怕是没影的事。如今，生活·读书·新知三联书店重印黄先生的《珠还记幸》，把当年名人们给他写的书笺作为插图全印出来了。现在看起来，还真有一时英华毕集的感觉。

当年兴致勃勃到琉璃厂买彩笺的黄裳而今已是八十五岁的老人了。他还写作，但写信已不用毛笔与笺纸，意兴阑珊，随手从练习簿撕下一页抓来就写。有谁知道这位被钱锺书称为"大才子"的老作家，年轻时写得一手极有风神的毛笔字。董桥跟我说过，这样的老辈不多了，赶紧向他求一张字。我写信给黄先生，他回话人老了，写不了从前那样子的字了，但终究执拗不过我的再三请求，在寄去的彩笺上写了一首陈寅恪的诗。有人说书法是老年人的艺术。这话只说对了一半，对于写王羲之一路书风的作家而言，就未必如此。张爱玲说成名要趁早，写王（羲之）字要趁精力充沛的中年。黄裳晚年以版本学著称，他在新笺上写字的感觉当然没法与在明版书上写题跋相比。但我要到黄先生的字已是心满意足，哪里顾得上字的秦汉魏晋。

北京大学法学院的程道德教授有心于民国名人墨迹的收藏。最近他联合北京其他几个收藏家，在北大图书馆做了一个近现代名人墨迹展，展品里有不少我感兴趣的尺牍，内容特别，用笺更是别致，如李大钊写给吴弱男的明信片，徐悲鸿处理调皮学生的手谕，更多的是名人和书局商量卖稿或催发稿费之事，事虽琐屑末节，却见一时人文鼎沸。那一代真了不起，无论是留洋的，还是前清有功名的，随便拿起毛笔都能写一手像样的书法。但我注意到有大学背景的学者与旧文人的不同，旧文人喜欢用自制的仿古笺，在大学里教书的则爱用带"某某大学"抬头的公用笺纸，不一样的笺纸，勾画出文化圈里的文化人不同的审美取向，但不妨碍他们执笔在八行笺上笔走龙蛇。在近现代名人中，也有例外的。王国维学通中西，被誉为近现代史学的开山，他一生不大讲究用笺，日常所用的大抵是南纸店里的大路货，写的字也拘谨了一点，不过以王国维的声望，他的片楮只字依然为人珍重。

老尺牍和老笺纸的故事属于上一代人，那里藏着上一代人的心事和他们的朝晖夕阴。当我们撩开一个时代的迷雾，远远地观望，老尺牍和老笺纸透出来的浓浓书香仍令人沉醉着迷。

二〇〇六年九月三十日

家近真武庙

十五年前曾借居在西便门。地方就在南礼士路再往南一点。

居室离真武庙很近，就想请朋友替我刻一枚闲章"家近真武庙"。念头才闪出旋即打消了。其一，我在这里是暂住，说不定哪天就要搬走的；其二，"家近真武庙"算哪般？如果想告诉人家我住的地方，倒不如说"家近南礼士路"更来得清楚呢。念头转过，终于还是放不下来。不是我风雅，要像杭州的诸乐三先生那样，住清波门外那会非要刻一方"家在清波门外"，让我念头挥不去的，真武庙这地方曾是一代印人邓散木的终老之地。这是我来西便门后，读邓散木的印谱才知道的。

散木六十年代后的印章，边款里常提到真武庙。像壬寅冬刻的"中国共产党万岁"就记着"壬寅一九六二年冬月，一足刻于北京真武庙。"那时候的真武庙大约不像现在那么热闹，算是偏僻的地方，有点荒凉。粪翁（邓散

木）在"奇悍无等伦"这枚印章的边款里记着"壬寅岁阑
大风中琢此，刀声謇然，与窗外风声相应和。奇悍之气，
不觉自腕肘间崩跃而出"。作者发奇想，把在呼呼的北风
中挥动刻刀发出的凿石声，说成是跟窗外风声的合音。不
能确定这是艺术家的通感还是真实的表达，多少带有点北
方冬天的苍凉。龚翁一九六三年去世，那年我刚出生。他
真武庙的故居如果还在，经过那么多年，还会留下来什么
呢？没有想过要去寻访龚翁旅京的萍踪。只是每每经过真
武庙那个地段，总忍不住想起龚翁。

　　龚翁是上海人，原先生活在上海。他早年好像就有狂
名。据他女儿邓国治做的《邓散木年谱》记载，三十岁那
年就自称龚翁。还把书斋取名为"厕简楼"。古往今来，
像他这样拿自己的名字开涮的，可能还不多，也可能他这
样做完全是很认真的。有人解释说，龚翁和厕简楼是一回
事，寓意吐故纳新。按解释，散木倒是有辩证唯物主义头
脑的。但一个舞文弄墨之士，这样做不免就被人家视为
"怪人"。上海滩因此记住了这个其实年纪不大却自称为
"翁"的书法篆刻家。在常人眼里龚翁行为有些离经叛道，
写的字倒是传统的正路子。

　　龚翁早年的书名比印名更大一些。据沈禹钟文章记
载："吴江金天翮，负文章雅望，不轻许人，一日于广座
中见散木新为草书楹帖，以为明之京兆孟津不能过之；又
尝为文论次当代书家，草书列散木第一。"散木的草书是
不是列名第一，姑不论。从沈的这段话倒是可以看出，邓
早年让人看重的是书而不是印。纵观龚翁的一生，他印章
上的成就，恐怕还是要高出书法一头。他的印章从师虞山

赵古泥，风格却比老师来得强烈。如果拿清代印坛的印人来举例，赵古泥和龚翁就好像邓石如和吴让之。人们承认吴让之的成绩，对龚翁的业绩，现代人就没有那么恭敬了。也许龚翁离我们太近了，缺少神秘感。他少年有名，又狂劲太足，物议不免就多些。直至八十年代初，人们在探讨现代印人创作时，还把龚翁大大地贬了一通，指摘他的程式化倾向太严重。其实一个成名印人有自己的程式，甚至有点过，本不算坏事。龚翁的印艺，平心静气而论，还是有大家风范，厚重拙都沾上了。他成为新时期被批判的对象，原因在于"文革"后，他的印风太盛了，许多人学他，还有一部课徒稿《篆刻学》留下来。树大了，难免招风。

我曾经看过他的照片，长得钵头钵脑的，样子憨直。穿着一本正经的中山装，戴着高度近视眼镜，那张脸敦敦实实的，表情木讷。这是他晚年的仪容。他铁笔驱使下的印章，也是起棱起角的。

于是，顺着又想起他在上海的一些事情。那时，朱复戡在上海的印名颇不小。龚翁看到朱的印章，也觉得很好，以为朱是个老先生，就请张大千做中间人，要拜朱为师。大千游戏人间，满口答应。等到行拜师仪式那天，龚翁才知道朱复戡是个年轻人，而且年纪比他还小。这事郑逸梅的《艺林散叶》有记载。"专直在雄"这是龚翁刻过的印语，其实从邓散木的为人可以看到他印风专直的一面。

五十年代中期，他从上海来到北京，为高教社写字模。"京海"是两个概念不同的城市。"京派"以官为本位，"海派"以商为本位，本位不同，做派自然相异。刻过《高士传印谱》的邓散木，崇尚古代高士，以此为自己的行为准则。当他带着在上海的生活习惯进入北京，迎接他的除了天翻地覆后的欣欣向荣，也还有有风也有雨的运动。粪翁头脑中的辩证唯物主义让他无法适应面临的现实环境。

粪翁在北京生活，他的社交关系还在上海。他的好友白蕉、唐云是当时上海艺坛年富力强的中坚。他们在社会性事务外，用满腔热情创作了许多优秀作品。邓散木北迁后，依然是书法篆刻界的活跃分子。他勤奋创作，同时还应上海《新民晚报》之约撰写艺评。各地闻名向他求教的爱好者不断。散木向他们施以函授。这些人当中，后来不乏成名者，像余任天、苏白和孙正和等。

一九五七年，粪翁为书法篆刻向文化部请命，被划为"右派"。他失去了工作，生活回到他原来的轨道上，靠鬻艺来维持生计。这以后他为各界知名人士刻了不少印章，从他留下来的印，知道有茅盾、章士钊、吴作人、李苦禅、许麟庐、邵宇、黎雄才、关良、来楚生等人。这是粪翁为谋稻粱的手段。的的确确讲，也为印坛留下了一笔不算大也绝不算小的财富。这里特别要提到的是齐白石的弟子许麟庐，当时他在煤渣胡同开了一只"和平画店"。粪翁一生中最后一个展览就是在和平画店里举办的。

同一时期邓的好友白蕉也被划为"右派"。郁闷中，粪翁学画竹子。竹和梅兰菊合称四君子。象征着"高洁"，而"竹"大概还另有"宁折不屈"之意。他以画竹来排遣愤懑？以画竹来明示自己的心曲？

从一九五七年到一九六三年，这七年里粪翁真是祸不单行，身心两困。

一九六〇年六十三岁那年，左腿血管堵塞，失去一条腿，自号"一足""夔"。他自嘲独脚为神话里"夔"。他的名号从钝铁、粪翁、散木到夔，一直在升腾，等到他听什么都耳顺的年龄，他只存下一条腿了。

一九六一年邓散木的右手受伤。下一年因胃溃疡切除了三分之二的胃。至此，邓散木也不得不认命，他在印章的边款里也以"残人"自况。但以他的性格，还是不肯完全服输。从一九六〇年到一九六三年他完成了《一足印稿》。这部印稿收入九十四枚印章。内容极具革命性，只须稍稍举几例，如"团结就是力量""永远跟着党走""我愿永远做一个螺丝钉"就可知道。但这无妨粪翁艺术才能的施展，在艺术上《一足印稿》里不乏上乘之作。

这部印稿是粪翁寓居真武庙时的作品，是他作为印人生涯的压卷之作。这里寄存着他的骄傲、自负、无奈、屈辱及不甘等。他的朋友、著名的南社诗人沈禹钟为印稿作序。白蕉为《一足印稿》撰写了跋文，他对粪翁的艺术分阶段作了概括和总结。跋文是友谊的见证，是真情的凝聚，也是他们作为搭档最后的一次合作。白蕉写跋后的三个月，邓散木便撒手西归。

邓散木从上海开始了他的艺术征程，他最后的一部作品评介是由海派艺术家来填写的。

这部印谱的题签出自粪翁另一个好友唐云之手。

邓散木在真武庙这个地方带着他的倔强、踏天割云的理想走了。

去世那年，龚翁为自己刻过一方肖印，边款刻："庚子残人，生于戊戌，画虎不成，守此蛾术，其人则残，其技则末。癸卯（一九六三）鸡日，一足自名。"这是他临终前对自己走过一生的回顾。

三十四年后，我来到邓散木曾经住过的地方。当年冷清的真武庙如今楼宇林立，我又一次想起邓散木晚年在呼啸的北风里刻印的情境，风乎石乎抑或是应刀而落的霏霏石屑，回旋飞舞，渐渐模糊了视线。

我问从这里经过的路人，他们反问："邓散木是谁？"

一九九七年八月六日

永远的王世襄

一九四三年王世襄去见傅斯年，表达想进中央研究院历史研究所工作的愿望，傅斯年得知王世襄是燕京大学的毕业生，断然拒绝："燕京大学毕业的学生，根本不配到我们史语所！"后来是梁思成接纳了王世襄，从此王世襄成了李庄中国营造学社的一员。

六十年后，《收藏家》杂志的一个作者、四川文博界的一个年轻人在四川档案馆收集材料时，意外发现当年王世襄写给学者郑德昆的一件残信，这封字迹工整的信，有一部分内容也与寻找工作有关。推测王世襄当年为求职，类似的信写过不止一封，虽然到现在我们见到的只此一份。

后来我们把这封残信的复印件转给王老，建议作为早年的文字收录《锦灰二堆》。王老回信说是他的笔迹，但不打算收录"二堆"。再后来那位四川的年轻人来京登门拜访王世襄，说起一九四三年的求职经历，王老回了一句："往事不堪回首。"事情过去了六十多年，影响还在。王世襄不愿提那些陈年旧事，一定是傅斯年的那句话刺伤了他。

比起清华、北大的学子，当年上得起燕京、辅仁的，都是些家境好的富家子弟。文博界里的朱家溍、史树青、马衡之女马珏等就是燕京、辅仁出身。

与傅斯年的相遇是王世襄学术人生的转折点。

后来的王世襄发愤，以一股憨劲执着于学术研究多少与此有关。黄苗子、郁风夫妇回忆与王世襄在芳嘉园相处的那段日子："论刻苦用功，他也在我之上。那时我一般早上五点就起来读书写字，但四点多，畅安书房的台灯，就已透出光亮来了。"

一部《髹饰录解说》，初稿写作于一九四九年冬至一九五八年秋，自费油印二百册，听取意见后，经一九六五年和一九七七年两次修改，到一九八三年才正式出版，一九九八年再版，仍作增补，又加入何豪亮的九十七则订正。可谓几十年磨一剑。无怪启功说："《髹饰录解说》不但开辟了艺术书注解的先河，同时也是许多古书注解所不能及的。""《髹饰录解说》的注解者却可以盎然自得地傲视郑康成。"

王世襄的《明式家具研究》是古典家具学界的开山之作，此书出版于一九八九年，材料的收集早在一九四五年就开始了，到一九六〇年草成《中国古代家具——商至清前期》，一九六二年又截取其明至清前期一段重新改写，一九八二年改写完成，一九八五年后再作修改补充。这部大书的撰写也是起起落落，用了几十年的积累才形成的。此书一出，博得同行、也是古典家具研究领域权威朱家溍的衷心赏叹：是一部皇皇巨著，是一部划时代的专著。

当代学术界评价王世襄及其小众工艺美术史研究是广

度和深度并重。论深度，他对艺术理论有深刻的理解和透彻的研究。他从事的学术领地，到达的最前沿往往是前人没有触及的。如为了认知家具榫卯结构，不惜"请求匠师，用柴木仿制，乃至切削萝卜，模拟榫卯"，又采用田野考古的方法，从分析实物、考察匠师制作到对照古文献，厘清了古典家具榫卯的结构样式，单是《明式家具研究》的"结构"一章就推翻过数次，五易其稿。学术界公认他的认知代表着时代的认识水平。他的某些判断可能被后来者纠正或者推翻，但他对于文物的深切认知与整体把握，后人难以企及。论广度，他的学术内容包涵了漆器、家具、书画、铜佛、匏器等，而游艺的品类更众，有鸽子、蛐蛐、蝈蝈、大鹰、獾狗、摔跤等，涉及的门类极广泛，当代文博学家无出其右。一九九四年王世襄八十寿辰，夫人袁荃猷女士以剪纸《大树图》为寿，在某种意义上《大树图》所具有的象征性，正是王世襄及其学术人生的概括和写影。

再来说点王先生与《收藏家》杂志有关的事儿。

王世襄是我们的老编委，他是所有编委里头坚持到九十岁还在给我们写稿的一位。每回稿子写成，事先给我们打电话"我写了一篇稿子，是什么内容，你们愿意用吗"？语态恳切。王老是收藏界的名人，他赐稿，求之不得，哪有不用之理。但他附带有个要求，稿子至少要看一次校样，这是老一辈才有的习惯。校样出来，亲自看过，才肯放手寄回给我们发稿。

近几年，王老年纪大了，偏长的稿子碍于精力不写了。我们有时候打电话问候他，顺便问问稿子。他说"年纪大了，写不出像样的东西，不愿意拿随笔文字给你们

《收藏家》"。约不到稿子，听老人这样讲，满心欢喜。

　　有时会突然接到他的电话。电话那头自报家门"我是王世襄"，听了心骤然一阵紧张，王老突然来电话一定有事情。果然，接通电话，没有旁逸，直截了当展开话题，说某期所载某文介绍的家具年份不确切，有问题，需要讨论商榷。不紧不慢的话语传达出的却是一种急迫的责任感。我们还接到过王老指陈某文所述某文玩与历史上某工艺家风格相左的电话。原以为名满天下的王世襄未必顾得上我们的杂志，哪知他每期过目，而且还真的肯花时间阅读，因为读得细才及时发现问题指出来。领教过他直率的批评，才能感受到他对事、对人的真诚。

　　有一次我们的编辑去位于日坛公园旁的王家看王世襄，几个先到的福建朋友，指着墙上贴着的"谢绝摄影"字条发问。王老说："经常有做家具的人来看我，来了就要求合影，回去还挂出来，说我是他们的顾问云云。"王世襄不愿做不明不白的事，他爱惜羽毛，却拦不住坊间借他名义的各式炒作。

　　晚年，王世襄曾不止一次对我们的编辑说过"我的研究不知替国家解决了多少就业人口"。仅此一句，可见他内心的欣慰。王世襄的学问从古人今人书里书外生活中得来，最终返回到生活中去，而且还关乎民生。这样的学问当代只此一家，那就是王世襄，这也注定了他的学问有长久的生命力。

　　永远的王世襄。

二〇〇九年十二月四日

燃犀法眼

——怀念徐邦达先生

一年前，就听说徐邦达先生已卧床不起，日常生活需要护士照料，有人去看他，只能用眼神示意。人生百年，明知道迟早会有的事，但不愿听到的消息还是传来了，徐先生走了。

徐邦达（一九一一—二〇一二）和谢稚柳（一九一〇—一九九七）、启功（一九一二—二〇〇五）、刘九庵（一九一五—一九九九）、杨仁恺（一九一五—二〇〇八）被称为是中国古代书画鉴定界的"五老"。徐邦达历经百年风云最后一个归于道山，他的去世结束了一个传奇式的鉴定时代。外界听到的净是这位瘦小老头的传奇。早先台北媒体称其为"徐半尺"，内地有些媒体嫌不过瘾，更加激进，竟以"半寸"称之，对于这些江湖称法，徐邦达一笑了之。

关于徐邦达，值得说的太多了。人们把他奉为鉴定大师，他自己则说专家也有错的时候。他嗜古书画如命，从十几岁开始买古画，九十多岁还在追买。爱惜人才，生生把一个铁路工人培养成故宫研究员。他又是个标准的江浙男人，浪漫，懂得情调，一场黄昏恋，爱得执着缠绵，深情痴心，惹得他的友人，同为鉴定大家启功善意的调笑"书妙诗新画有情"。

新世纪初南京的一位学者撰文评点当世的鉴定家，提出启功是学术鉴定，谢稚柳是艺术鉴定，徐邦达是技术鉴定。启功偏重文献，擅长于用文献论证是不争的事实，正像谢稚柳从书画家性格去讨论古书画的真伪，在特定的时段能解决许多问题。所谓的类型划分，也只是指示一个鉴定家的学术偏向，不代表这个鉴定家的全部。说徐邦达是"技术鉴定"当然没错，徐重视古书书画家的传承、家世、交游等文献考据，一九八三年上海"人美"出过他的《历代书画家传记考辨》；徐也相当重视古书画本身的问题如笔墨、风格、阶段性特点等内证，同样注重诸如装裱、书画材料等古书画外证，一九八一年北京文物出版社出过《古书画鉴定概论》就是这方面思考实践的结果。以徐邦达对古书画鉴定的见解，出发点还是综合判断，决非技术两字所能包含。以他与谢稚柳关于五代徐熙《雪竹图》之争为例。谢稚柳依据文献记载，对"落墨"的理解及阐述认定落墨法符合徐熙画风体制，从而认定《雪竹图》是徐熙的作品。这里遇到的问题：《雪竹图》只是孤例，除此之外徐熙并无作品传世，文献的描述事实上无法代替图像的作用。徐邦达否定《雪竹图》的关键除了对"落墨"有不同理解外，还在于对五代用绢形制的认定，当时画绢的门面一般不超过六〇厘米，属于窄幅，这虽非本证，但材料的时代性是确凿的，皮之不存，毛将焉附，由此推定这件作品无法归在徐熙的名下。这桩当代鉴定界有名的公案，因为徐和谢是当世并驾齐名的两大家，最后并无定论，但谢稚柳留下了一句："徐先生'不迷信旧说'，却迷信于绢，以绢来评定画的时代，这说明绘画不可认识的了，要认识只得靠绢。"徐邦达因此落下"技术鉴定"的名声。

其实，徐邦达是典型的"南风北渐"鉴定家。这样讲是因为一九五〇年之前他生活在上海，有三十多年的上海经历。他早期的鉴定方法继承了南派鉴定家的传统，虽然年纪轻轻，已在上海滩上卓有名声，时贤认为徐邦达、张珩是当时中国东南一带最出色的两位鉴定家。吴湖帆出身名门，收藏众多，又以善鉴闻名，但也非常看好张、徐的才能，遇到剧迹，总要叫上张、徐，听听他们的看法。所以当新中国的文博事业刚刚起步，主持国家文物口工作的郑振铎，首先想到张珩，把他请到北京，张珩又把徐邦达介绍给郑振铎，从此，这两个从上海过来的鉴定家效力北京故宫博物院，合力打造故宫新的"石渠宝笈"。他们经常往返于外地与北京琉璃厂之间，踏访全国百分之八十以上的县城。据徐邦达回忆"跟张珩两个人，一天可以收几十件甚至上百件东西"。广泛征集，悉心查访，短短几年时间，便收集到无数件古书画珍品。后来徐邦达到故宫带了三千多件精品，故宫绘画馆藏品初具规模。资历老一点的故宫人至今大概还有印象，保管部记载古书画最原始的存档卡片还是徐邦达一点一笔用蝇头小楷写成的。

徐邦达在紫禁城的漫长工作经历，适逢其时。人民政府出于文化建设的需要，通过政令调集各地精品晋京，他还能经常到各地巡访，阅遍古今书画，如果再加上"文革"后参加五人鉴定小组全国巡鉴，他寓目的古书画数量，超过了历史上任何一个鉴定家，这使得他能从更宏观的角度把握古书画的源流，清理出鉴定中出现的一般性和特殊性规律。按徐邦达的鉴定风格而言，其本质是对考古学原理的合理借鉴吸收应用，仍然是图像比对与文献考据印证相结合的方法。徐邦达九十岁时，王世襄写的贺联有"心识五朝书画"，大约就是他鉴画生涯的真实写照。启功赋诗称"法眼燃犀鉴定家"，把徐邦达比作唐代的张彦远。同行一致认为徐邦达是当今鉴定界的巨眼。

一九六二年美术史家金维诺邀请张珩和徐邦达给中央美院美术史系的学生讲课。张珩那本由讲课稿整理而成的《怎样鉴定书画》，实际上就是鉴定界"南风北渐"的初步总结，可惜张珩早逝。"文革"期间徐邦达也着手进行鉴定学概论撰述，他所做的工作完善丰富深化了"南风北渐"体系的学科化。

对于"技术鉴定"的说法，徐邦达并不认可。古书画流传过程中出现的情况复杂，"技术"有时候无法面对古书画遇到的所有问题，这就要求一个鉴定家临机制宜，采取不一样的方法去应对。二〇〇一年笔者采访徐先生，这位阅画无数的"巨眼"说起鉴定，也有无奈："有些东西我认为是真的，苦于无法求证，就不敢同外面讲。"他打了一个比方，大家都熟悉自己父亲的脚步声，只要是这种脚步声，你听得出来。若有人问你为什么，你一定答不上来。这是一种感觉，感觉的判断说不清原因，但不是假的。很明显，系统概念下的徐邦达，他的思维里还有另一种鉴定方法。相对于专业，生活上的徐邦达单纯。晚年名满天下的他即使不出门，裤兜里总要揣上几百块钱。有人问他为什么？他说一个男人身上哪能不带钱。爱穿中装，中装是故乡海宁的一个师傅缝制的。徐邦达也把这个师傅介绍给友人王季迁、朱家溍。师傅出身草根，却有雅根，给老先生们制衣从来不收钱，只要求以字画代替。徐先生称这是"画衣"。他还喜欢享用美食。笔者曾与他同桌用餐，九十高龄的徐先生一盏鱼翅下肚后，连吃数个猪爪子，口腹之壮，真是不同寻常。

　　暮年的徐邦达赶上经济开放，拍卖市场兴起，他敲响嘉德第一槌。那时拍卖市场风生水起，常常有好东西浮出水面。经徐邦达建议，故宫先后从拍卖会买进诸如宋人《十咏图》、石涛《高呼与可》、隋人《出师颂》、沈周《富春山居图》等名迹，更多的名迹则无缘于博物馆。每当这个时候，徐邦达心急如焚，动员民间力量收藏，不让珍宝外流，自己也去拍卖，后来的许多古书画就以这样的方式流进了徐家。去年徐先生百岁寿辰，徐夫人曾拿出来在保利大厦展出，宋元明清珍墨荟萃，让人赞叹，让人心惊。

　　历史机遇加上个人的天赋才华，还有不断勤奋，成就了当代古书画鉴定界的一代巨擘。百年风华只造就了一个徐邦达。徐先生走了，留下了皇皇六百万字著作，留下了他满身书生意气的纯粹与坦诚，还有他的绵绵不绝的佳话和绝代风华。

二〇一二年二月二十九日

我所知道的朱家溍先生

朱家溍（一九一四—二〇〇三）先生去世后，常常回想起和他过往的一些事，大多是琐碎的小事，比如为工作或私事向他求教，比如求字。这样平常的事，相信与朱先生接触过的人都有。类似的事值得写吗？一直很犹豫，最后还是决定写，因为朱先生学术上的成就，有他的文字著述在，大家都看得到，日常生活里的朱先生怎样？未必都有机会感受。

一九九二年我从中央美院毕业，分配到《文物》杂志，负责编辑中国古书画栏目。我在学校里学的专业是书法。朱家溍先生是我们杂志往来比较多的老先生。他是清宫文物专家，凡清宫文物，如家具、漆器、竹木牙角器、书画、玺印等，无不涉猎。我们接手的稿子中有些内容偏于冷门，只有朱先生能看；另一个原因，我们的编辑部在沙滩红楼，他在故宫，距离很近，我们遇到问题，拿着稿子随时可以骑车去故宫请教。朱先生从老编辑那儿听说杂志社进了个小青年，是学书法的，觉得很新鲜，托老编辑带话，下次去故宫让我到他那里去。由书法这个契机，我有机会接触到朱先生。他办公的地方在故宫西北角的研究室，研究室是一个单独的院子，故宫学术上的耆英如徐邦达、朱家溍、刘九庵都汇集在这里，可以说是故宫的智库。徐邦达的办公室在院子的中央，和朱先生隔墙而居。徐先生那间稍稍大些，他的助手王连起、王卫同处一屋。朱先生和刘九庵先生、徐先生毗邻而居。后来故宫调整老先生们的办公条件，朱先生才从院子中央的屋子搬到院子北屋，很大的一间，里面摆放的全是清宫老家具，紫檀柜子、椅子、案子摆放在靠南窗的地方，堂皇气派，室内光线略显幽暗，墙上挂着朱先生早年拍的老照片。一张是风景；另一张是人物。人物的主人公是位穿旗袍的优雅女士，据说就是朱先生的夫人。

朱先生写字画画都当行。他写字大抵不出颜柳，偶也旁逸隶书，一笔标准的汉隶，写得起轮起廓，四平八稳。都由临范而出，有源可溯，和他世家子弟的身份相符。常见的应酬字都写颜柳，自运的笔迹也以颜柳为底子。我接触到朱先生的时候，他已年近八十，有时写行书字形已经有点颠仆，但很奇怪一旦写正书，就规规矩矩，法度森严。我想这是长期临摹功夫的积累，不易退却。二十世纪九十年代中期看到过朱先生的一个手抄本，抄写的时间大概在二十世纪七十年代中后期，字很小，抄在毛边纸上，基本是小楷的样子，是目前能见到的朱先生较早的毛笔字了。抄本的内容是他尊人朱翼厂先生题在碑拓上的文字，题名为《欧斋石墨题跋》。抄本由启功题签，后面还有启

先生的一个短跋。那些小字不是一次性抄的，而是陆续完
成，虽出自同一个人，但笔迹不一样，从字面上看得出变
化。老先生们当时没什么事，年龄也不大，写字作文都很
用心。我前面说过，朱先生的抄本，用自运的笔体，不
精，但非常有情致。这个稿本朱先生托朋友拿到山东，原
是想请齐鲁书社出版，后来不知什么原因，齐鲁书社没接
受，稿本托一个朋友从济南带回北京，经我手交还给朱先
生。交还之前我曾拿了朱先生的抄本先到赵志成兄那里，
一起欣赏。赵兄是徐邦达器重的故宫年轻学者，鉴赏力极
高，往往能发人所不能。赵兄拜观后，于朱先生书法情致
给予高评，谓"不工然极有情致"。

　　一九九四年，友人从南方给我带过来一个册页，我请
认识的老先生和尚在中年的老师辈在那册页上留点墨迹。
朱先生是我第一个去求的，送过去，说明来意，朱先生一
口答应：好的好的，先把册页留在这里，写完后我会叫人
通知你的。没过多久，朱先生就托人让我去取，写了一幅
字，画了一幅画。取的时候，还指着画说，前几天画了两
本册页，一本是你的；另一本是一位女士的，女士的那本
原想好好画的，画着画着就经意了，画你的那本没怎么想
画好，倒画得蛮好的。朱先生的话有两层意思：其一无意
于佳而佳，艺术这种事基本功要扎实，还要有兴致；其二
便是笔墨要讲缘分，他跟我有墨缘。书法则是临蔡襄的
《自书题龙纪僧居室诗帖》，帖子原是他们家的旧藏。朱
生的画是松石岁寒之图，笔墨坚实又松灵，妙在实处，其
胜在虚，综合观之则是虚实相生，内含变化。笔墨间透出
一种张弛适度的冷峻，是典型的"岁寒"图像情境。朱先

生自己也表示满意。就是这一次，朱先生心情特别好，指着册页说：册页还没题签，什么时候我给你题，名字都想好了，叫“水流云在集”。我因为急着请另一位老先生写字，等不及朱先生题写，当天就拿走了，册页的题签现在还空着，不知道有谁能胜任。

请朱先生写字这类事，在我当然不止一次，仗着年纪轻，敢开口。朱先生不嫌年轻人唐突，一再满足。有一回我拿了二十岁左右画的《双鱼图》请他题跋，他一看画上面已经有江蔚云先生的一段题跋，念了一遍，说题得不错，但不知作者底细。我告诉他江先生的情况，朱先生连声说江南有人呵。画收下了，过了半个月，等我再去，朱先生已经题好了：“横江跳波兮双鱼，立迎春雨兮二箨，若不我信，试竖展之。吟方属题。”许多人看了题跋，说朱先生原来这么有趣，把刀鱼和春雨下的新笋联想在一起，恍兮惚兮，有点意识流的感觉。刀鱼和春笋都是江南有名的时鲜，不知道朱先生执笔题画时是否动了“莼鲈之思”。不过，我倒是从这段题跋领受到朱先生的率性风趣，甚至孩子气，完全和故宫、老先生、冷板凳学问、世家子弟等无关，名士风度外，一个鲜活的生命跃然眼前。

朱先生的趣事自然不仅这一桩。我曾在一个拍卖会上看到过朱先生写的一开册页，是写给马士良的。马是晚清内务府大臣英绍之子，他喜欢结交，收藏既富又精，以文人翰墨的收藏极一时大观。按辈分算朱先生是马的晚辈，我手头藏有朱先生写给马士良的信，称马为“三叔”。马士良晚年和新派文人及旧式文人都有联系，京沪粤之地名流书翰收集齐全。朱先生一开录他在湖北干校时作的纪事诗，本身没有什么新奇的，倒是这开册页上钤盖的一方闲章引起我的注意。这方闲章内容为"御赐事君尽敬"。朱家溍为晚清重臣之孙，一九四六年进故宫，从他父亲朱翼厂算起，已是资历颇深的二代故宫人了。新中国成立后朱先生仍在故宫从事清宫文物研究，在新中国的语境下用这方印章，别有意趣，带着点调侃。虽然依旧在故宫行走，但"君"的主体已经改变，旧印新用，妙趣横生，最能看出朱先生的性情。美术史家薛永年告诉我，"文革"时批斗朱先生，说他是"封建余孽"。当年那些"造反派"只看到朱先生的表面，不及其余，每想到这一节，我都忍俊不禁。

朱先生的随和，我有亲身经历，我也领教过他的计较。我遇到过两件事。有人拿了一个山水册请朱先生鉴定，这是一个清人的仿品，朱先生看后直言不讳。持画人听后央求朱先生题字。朱先生说：这明明是个假东西，我不能题，题了怎么向后人交代？再说不题还算是个老东西，题了算什么？说完，不再理那人，独自到邻屋去了。再一次，故宫从翰海拍卖公司花巨资购买张先的《十咏图》，这在文博界轰动一时。后来浙江的一个年轻学者对《十咏图》上的诗文、绘画作了全面考察，认为故宫新入藏的《十咏图》其实是一个金代的拷贝本。此论一出，引起社会上的轩然大波。作为故宫的资深研究员，朱家溍的反应首先是要维护故宫的利益，专款买东西谈何容易，他不希望由于媒体的渲染，对故宫请款造成影响。有人采访他，回答干脆利落：《十咏图》在学术上的争议可以搁置不论，就《十咏图》而言它是原清宫的旧藏，现在由故宫来收藏，应该是合适的。朱先生的发言避开了真伪之争，对外界关心的问题做了回应，平息了各方对故宫购藏《十咏图》的指责。

有时朱先生的不计较更令人动容。朱家溍在故宫工作长达六十多年，恪守一个文博工作人员的职责。他们把家藏的大宗文物，如碑帖、家具、善本都捐给了国家，分藏在北京故宫和浙江省博物馆、承德避暑山庄。家里最后没剩下多少东西。熟悉他的人背地里跷起大拇指，说朱先生到底是世家子弟，有那种范！要知道不是所有世家子弟都那样。我曾听说过某世家子弟向故宫要房子，故宫说已经给过了，给不了了。那位先生跑到文物局，说当时我爸捐的东西，价值何止几间房子。相比之下，朱先生有老一辈风范。文物市场兴起，朱先生没有买卖交易。唯一的一次，晚年朱先生的夫人生病住院，夫人没有工作，家里拿不出钱。不得已，朱先生翻腾了半天，找出几册古书，打算送到拍卖行，用卖古籍的钱替太太付医药费。这事还没成，不知怎么给故宫领导知道了，觉得这样太不妥，老先生对国家贡献那么大，最终还要让他卖书给夫人看病，怎么可以。马上开了支票送到医院，这才解了燃眉之急。

听过这事，心不能平静，还有些不解，但更多的是肃然起敬。

朱家溍先生一生扑在冷名头学问里，重然诺，喜欢京剧，是这一行里的名票，一生经历过太多的风风雨雨，到头来痴心不改，名士派头依旧。许多让人不懂或捉摸不透的事聚合在他身上，这就是真实的朱家溍先生，脱俗、潇洒也通达率真。

二〇一三年六月四日，于北京蓝旗营

好东西，收着

——回忆史树青先生

　　史树青先生去世后，许多人撰文谈与他感人至深的交往，谈他超群的记忆力，谈他深厚的文献功底，谈他的博学多识，谈他长达七十年鉴定生涯中的种种奇遇，谈他晚年对民间"国宝"超乎寻常的热忱。在我们这些同他有过不短接触的晚辈眼里，他不过是个跟文物打交道久了有癖好的一般北方老头。很多人敬重他，也有些人不认他。晚年他一门心思要把从地摊上买来的"越王勾践剑"捐献给国家，他所在的国家博物馆不愿收，还有人劝他"算了"，然而他老人家固执己见，坚持认真。以我的亲身感受，与其说他是文博学家，倒不如说是一位以读书终老的书生，一生都活在他自己钟情的文史艺苑世界里。

　　二十世纪九十年代中期，我在《文物》杂志工作，一次拿一本册页请史先生写字留念，他爽快地答应了。当史先生翻阅册页，看到里面有一位江苏女书家的字，就说写在女书家后面吧。我忙说您是前辈，您若这么做，今后那些比您年纪小的作者看到了会骂我的，他只好作罢。册页上早已有故宫朱家溍先生写给我的一字一画，我翻出来给史先生欣赏。我说朱先生的这两张东西都很精，尤其是那幅《松石图》，即使放在明清人那里也不逊色，并称朱老的情致格调当代少有其匹。史先生当时没言声，看了好长一会，说："册页先留着，带回家，等有空也给你画画。"史树青先生的善诗工书是文博界众所周知的，画则从未见过，我当时以为史先生只是一时兴之所至，随口一说而已，不敢有所奢望。隔了半个月，史先生托助手打电话来，说册页画好了，可以来取。我拿到一看，大吃一惊，果然给我作了幅画，是《竹石图》，而且还题了一首诗："画图追慕文湖州，北地应推李蓟丘；三两瘦枝倚秀石，伊人照水衍风流。"史先生的书斋名为"竹影书屋"，想来是深爱竹子的，难怪这竹石画得那么雅秀。若干年后，我给史先生做过一个访谈，才知道他当初主动提出来给我作画的缘由。他在谈话时无意中透露，年轻时常听人说北方不出人，有名的学者都出在南方，对这样的说法他非常不服气，认为北方也出大学者。也许因这份不服气，当他看到朱老这位江南学者的画作后，特意提出要给我作画，以表明北方学者在舞文弄墨上一点不亚于南方学者。我因史先生性格上的不服输，获得了一宗难得的墨缘。朱先生高古冷逸的《松石图》和史先生出笔不俗的《竹石图》一样为我珍重宝爱，即使在他们那辈学人那里，这样的异品也未必多见。

在和史先生的交往中，我发现他重视现当代史料的保存，这或许因他历史学专业出身的习惯，里头也包含了他的学术敏感。记得在新世纪初，我有意撰写民国书画家润格方面的文章，当初收集这方面的材料，只能靠查找民国时期的报刊，如余绍宋编的《金石书画》《湖社旬刊》及上海的老报纸《申报》等，材料很零碎。当我向史先生吐露这个想法时，他没有想就说可以帮我找找这方面材料。过了几天，真的把一卷泛黄的民国书画家留下来的润格原件交到我手，有几十张之多，令我喜出望外，对于研究者来说，材料的收集是最基本也是最重要的。史先生告诉我这是他年轻时专门找书画家索要的。有些润格有了折痕破了，他还专门做了托裱。有几张上面还有书画家的墨迹、印章。我记得有以画梅著名的汪吉麟及金石学家陆九和等人的，虽然润格来源集中在北京地区，但像这样的第一手润格资料，保存至今十分不易，对于分析三四十年代北方的书画家的创作生活、市场情况无疑是有益的。我后来问史先生怎么想起来要保存这些东西的，他说这就是档案材料，档案是不分大小的，要了解当时社会生活的细节，就要靠这样的小材料。也就是这次，我知道他不光保存润格，还收集门刺、拜帖这类小东西，从中可看出史先生的细心、见识、眼光以及平易踏实的学风。

类似的事还有一些。我一直对现当代书家人事感兴趣，留意收集他们的材料。某次与史先生闲谈，偶然涉及已故的蓝玉崧先生，这位音乐家兼书家的名士，坊间有不少他的传闻，比如说在大庭广众下公然指责他的友人某名家为人圆滑。不料这个话题才展开，史先生就对我说，我和他是同学，家里还有他上中学时给我写的字。又说蓝先生才气大，中学时候就昂首阔步、自视甚高。我想看看蓝先生少年时的墨迹是什么样子的。对我这个后辈的好奇心，史先生次日就满足了。这是我见到的蓝先生最早的墨迹，恐怕连蓝先生自己也未必有保存。写那张字时，蓝先生才十几岁，落笔提按转折，英迈秀出，意气风发，日后蓝先生的笔墨风神实于其少年墨迹已可窥得一二。以后我把蓝玉崧的少作印在拙著《雀巢语屑》初版里，让更多的人分享蓝先生的早年佳笔。

平日与友朋谈起心目中的史树青先生，总觉得他为人随和、宽厚，属于容易接近、比较平民化的一类学者。他的平民化和没有架子，表现之一是经常出入古玩摊，可以和古董商人在一起随便说话。没想这竟差点影响到他评正高职称。据说北大的宿白先生在"文革"结束后的某年，国家文物局的高职评审会上，明确反对史先生晋升高职。理由无外乎作为国家博物馆的研究人员，史先生出入古玩摊，和古董商人混在一起，没有一点学者的样子，不配评正高职称。宿先生和史先生年龄不相上下。一九七二年国务院成立由王冶秋负责的出国文物展览工作室，宿白和史树青一度还是同事，夏鼐是国务院任命的业务组长，宿白、史树青则是这个小组的两名副组长。但他们的学风、为人完全不同。宿先生是经院式的，要求学者严格自律；史先生带点名士风度，三教九流，不分朝野，都可往来。史先生所践行的正是宿先生深恶痛疾的，故宿先生在那次高职评审会上才有那么激烈的反应。后来还是启功先生出来打了圆场，说史树青同志是新中国成立前辅仁大学历史系的研究生，长期在博物馆工作，对国家的博物馆事业是有贡献的。结果史先生虽有周折还是晋升了高职。但说起这事，史先生心里有气，甚至破天荒地开骂了，神情颇为激愤。这是我看到的史先生少有的发脾气的场面。

史先生为人平易，但在人格上有勇于担当的一面。发生在二十世纪六十年代的"兰亭论辩"，是一次有政治背景的学术之争，几十年后自然成了一个敏感话题，特别是对当年参与争辩的学者。像启功先生，当年他是挺郭（沫若）派，利用他在文献学上的专长，撰文证《兰亭序》为伪作；"文革"结束后启先生改变了自己的看法。一个学者在不同阶段认识不同，对某些看法做修正乃至全盘推翻，是可以理解的，更何况从前是奉命作文。史树青先生也是"兰亭论辩"的参与者，但他没有轻易否定自己的老观点。当"兰亭论辩"过去三十多年后，在回应日本《金石书学》杂志采访提问时，史先生明确表示郭老的立论是对的，不反悔也不改变过去支持郭老的立场。作为一个知名学者，史先生如此坦然地面对过去的历史，这是需要勇气的。在这一点上最能见出他作为燕赵人的侠气。

史先生担任过国家文物鉴定委员会的副主任。据说要他担任这个职务，是因为他看东西的面广。许多专家谨慎，只愿看自己本专业内的东西，这固然是严谨学风的体现，问题是一个国家级专业委员会，遇到要看的东西，总不能推说没有专家能看。史先生在这方面显得勇于承担责任，别人不敢的或不愿问津的，他都愿意尝试或有兴趣，接触多了，经验积累自然多些，久而久之比别的专家有了更多的发言权。当年启先生领衔国家文物鉴定委员会，文物局领导要他推荐副手，启先生想都没想，就说让史树青同志担任吧。在文博界，史先生的广博人尽皆知。

史先生晚年喜欢向来访者出示一本册页，这是他的中学毕业纪念册。册页由于非庵题签，一笔瘦金体，神采飞扬。册内有一页是他中学老师张鸿来题赠的一首诗，其中两句是："书画常教老眼花，鉴藏年少独名家。"我曾有幸不止一次听史先生背诵这首诗，每在这个时候，我的耳畔突然闪过："时光吹老了少年，谁的等待，恰逢花开。"

史树青先生去世至今七八年了，他熟悉的收藏市场几经变幻，从收藏家时代到资本时代，艺术品被富有想象力的市场不断塑造，不断赋予新的内涵。要是史先生还在，还会让晚辈推着轮椅到京城那些大大小小的古玩市场转转、淘宝吗？我们还能听到他中气十足的声音"好东西，收着"吗？

二〇一四年二月二十一日，于北京仰山桥畔

别去烟云瞬息

——记忆一些吴藕汀先生的零星

　　十年前的一天，我在上海安亭路周退密先生家，退老突然问我，认识嘉兴的吴藕汀先生吗？我点头。退老神色凝重地说，前几天他去世了。吴先生在病榻上看过刚刚出版的《词调名辞典》，就此安静地告别人世。这是他生前出版的最后一本书。这部书稿完成于数十年前，中华书局一九五八年曾以《词名索引》出版，晚年的修订稿由上海书店梓印。记得前不久，我还在嘉兴图书馆范笑我的博客里读到吴藕汀先生的近况，俯仰之间，已成古人。

　　我和吴藕汀先生并没有太多交情，拜访过一次，还请他题过一回画。那次寻常拜访，后来引出一些事，或许是这个缘由，对于这位乡前辈的下世，心里总是无法放下。关乎先生的那些记忆，老在眼前浮现。

　　我拜访吴藕汀先生前，有关他的那些事，已在范笑我君那份油印活页形式的《秀州书局简讯》上出现，陆陆续续读过许多。吴原籍海宁盐官，祖辈移居嘉兴，就成了名义上的嘉兴人。他生于富庶家庭，从小过着左琴右书的生活，并师从嘉兴郭季人学画，弱冠时加入"檇李金石书画社"，喜填词，好拍曲，兼及金石篆刻，按他自己的总结："我一生十八个字：读史、填词、看戏、学画、玩印、吃酒、打牌、养猫、猜谜。"二十世纪五十年代，被礼聘到湖州南浔的嘉业堂从事古籍整理工作，一度辞去公职，靠画画为生。九十年代末在外漂泊五十年后返回嘉兴定居。晚年潜心词学、古籍、艺术及乡邦文献的整理与著述。由于时有各类文字的披露发表，他的行迹引起江浙京沪等地文化圈的关注，成为当代"在野派"文化老人的代表。这道嘉兴活着的文化风景，曾吸引许多圈内人来嘉兴探访。当时有人甚至说，到嘉兴，除了游览南湖，吃五芳斋粽子，逛秀州书局，一定要去看看吴藕汀，不然，枉来嘉兴。我是海宁人，自然无法免俗。于是，某次路过嘉兴，临时起意造访吴先生，这个要求向范君提出后，很快得到允许。

范君是吴藕汀先生的熟人，在我眼里，他是吴先生身边不拿工资的发言人。外界所知的吴先生读书、著述、生活情况，大多是由范君发布的。在范君的安排下，我和太太顺利地见到了吴藕汀。老年的吴先生戴着呢帽，两手插在袖筒里，默不作声地坐在书房里，脸色出奇的红润。我以阅读得来的印象观察，眼前的吴先生显得木讷，不像文字里的他，内心飞扬激越，好发议论，对于文化界的大事小事都保持着自己警觉的眼光，敏感而激烈，有着与众不同的判断和见解。吴先生默默不言，让我非常尴尬。原本想当面请教的问题，突然消失得一干二净，脑际一片空白。那情形真有点像哑巴对哑巴的意思。范君看到情形不对，连忙把我的情况介绍了一番。那个时候我还在《文物》杂志做编辑，负责古代书画、碑刻、金石方面的栏目。吴先生听范君这么一说，好像想起点什么来，拉开画桌的抽屉，摸索着取出一小块用铅笔拓印的古币，让我辨认。尽管钱币归在金石学里，但在收藏领域，它算是一个专门的类别，我欠缺这方面的专门知识，无法当场指出它的年代，答应先留着拓片，待回京后再查实。这个看似偶然发生的事，后来想起来，该是先生对我的一个考试，在吴先生眼里，我是一个难以合格的编辑。范君经常带客人来吴家，他深知话题进行到这样的地步，不能干坐着。于是又请吴藕汀之子拿出一本册页来欣赏。据说这是应一位广东人之请最近才完成的蔬果册。赋色浓艳，笔致粗放，就笔墨风格而言，还是吴先生一贯的做派，墨笔既硬又粗，秃笔狂扫，气敌千军。老实说吴藕汀的这类作品，我不太看得懂，左顾右看翻了一阵子，也就放下了。不过，内心确实认可吴先生有一手，实际上他是运用看过的前人画诀在作画，所写并非生活里的蔬果。

这次拜访，临到最后又发生一个小插曲。我太太看着吴先生会客室兼画室靠墙一排书架，架上摆满了书，问吴先生："那些书您全读过吗？"吴先生风趣巧妙作答："常有人来看我，要是会客室连书都没有，不像样，书架上的书是给别人看的，我没有读过。"

这一刻，我才稍稍看到了隐在文字后面真正的吴藕汀，但一闪就过去了。

这次平淡无奇的造访，对我来说，留下的就这几个印象。若干年后，我曾在一篇随笔文字的结尾，用到了那次造访吴先生说的那番话，印象实在太深了，无法忘记，也就顺手写进了文章。最后一句话脱化成"买书不读，难道不是一种快乐的境界"？

文章发表后，有人拿报纸给吴藕汀先生看。没想到这回吴先生的反应特别大，写过一首诗来表达他的不满。诗是这样的："藜光空照竹桥居，虚领文澜四库书。收得汗牛欲充栋，晚年结习自难除。"嘉业堂隶属于浙江图书馆，最重要的珍藏是《四库全书》一百五十册。其时，吴先生住在嘉兴竹桥小区。

我当时并不知道引起先生愤愤，事后才从寓京的某位被人称为公子的皖籍"藕粉"那里获知，已经是这件事发生的一年之后。

至于题画那件事，在吴先生刚刚回到嘉兴后不久，我把自己画的一张《五墨图》寄去请他题字。附信中自我介绍毕业于美术学院，曾师承沈红茶先生（一九〇一——一九八五）。这张笔墨游戏意味颇重的竹石，之前画上已有姑苏瓦翁题了"墨韵"两个字。吴先生接到画，用他的"藕体"行草题了"淋漓墨趣"四字，或许是承瓦翁的意思略加生发，或许是觉得该画除了墨汁飞溅，别无可言吧。对我来说，不管这四个字背后存有怎样的寄意，也算是一桩墨缘吧。

这张画，后来又得到周退密、田遨两先生的赐题，题字中各有一"墨"字，有友人因此建议我命名为《五墨图》。记得吴藕汀与沈侗楼通信时，对当代艺坛的成名人物少有许可，许多众人看好的画家，在他那里都是不合格的中国画家，比如对我们的老院长徐悲鸿早就表示过不屑，那么对我这样由"不合格"的校长之徒孙教出来的学生，他题了这么四个字已经算是相当客气了。

吴藕汀先生二〇〇五年去世，至今整整十年。这十年间，世事如白云苍狗，变幻无常。有些人一旦转身离开，永远消失在人们的视野之外；有些人虽说离开了好多年，让人感觉并未走远，仍在我们的周围。在我看来，吴先生属于后者。这十年来，中华书局一本一本出他的书，这些书现在垒起来，该有尺把高了。

由吴藕汀先生的这些书，又让我记起中华书局百年那次展览，列于众名流中的那张吴藕汀山水，他用惯常的秃管，扫出莽莽苍苍的山崖水隈，气势不凡，那独来独往的神情，在展览厅里非常显眼。

吴先生的忘年小友范笑我今年收集吴先生的若干词画册，编成《药窗词画》。词和画是关联吴藕汀一生的两大嗜好，用功最力，成就最著。莫非词人本色是画家，抑或画家前身是词人？想到他的多愁善感，忧患人生，身后十年还有人牵挂着，用漂亮的画谱纪念他，似乎过世已久的老人重新回到人世间。不禁感慨万千！

二〇一五年七月二十八日

大凶及方殆業坊收姜怕事陵笤

後鑒增影十二景今年

正言仍章五月中言立敞敦欲

蒙祀 潘主蘭手画○廿下

潘主兰手札

唐吟方《五墨图》

忆明珠诗笺

晴空萬里行色

遍访故人紅柳

折腰舞、白楊列

隊迎

七九年上季遇春館长重

访走敌尔石窟有感賦

此

二〇〇四年初春维诺书

金维诺诗笺

亚字照明开发公司

（　）字第　　号

迎新兄：

十月十七日手示早悉。闻入夏以来，外病迄今，渐复甚慰。唐叔方昆寄印照正成绩很佳，谨继续临摹秦汉印，方勿躁易特移方向。我看他将来成就决不止一般。请转告之，我无接线经验，也无能力。此拓颜可诸，以三轴随画附上即此

专颂
春祺

孙晓云
元范

黄惇手札

待月山房后人晚年的艺术与生活

——抄读忆明珠先生的信札

忆明珠先生去世后，我一直想写点东西。但脑子总像拧在一起的麻绳，理不出个头绪来。书房的某个抽屉里放着一大沓忆先生往日写给我的信，终于在一个有阳光的上午把它们取出来，打开，抚平，重新读了一遍，老人渐行渐远的身影突然清晰起来。

那些文字让我再次回到当初读信的情景里。我把这些信的有些内容抄录下来，那是忆先生六十五岁后宣称不再写作后留下的文字。当时书信传达的信息，只写给收信人一个人，时至今日，书信中记录的日常生活和艺事，却成了我们打量他晚年生活的凭据。

待月山房是忆先生故乡莱阳祖屋的书斋名，他为此专门写过一篇随笔。忆先生的一生有过无数书斋名，待月山房无疑是他文学发轫的原乡。这篇短文就借此为题。

抄读之一：笺纸和扇面

"谢谢令夫人李军从日本带回这样精美的笺纸，而我成为受益者，很荣幸随用这笺纸抄了几首拙句，不敢说是答谢，聊表心意而已。我近时尚好，勿念。南京渐渐热了起来。北京如何？还有那么多风沙吗？"

二〇〇二、五、二十

"惠寄的扇面八只已收到，谢谢。扇面不太好画，价又贵，令人不能下笔。这里也有得卖，安徽泾县产，以后请勿寄了。这八只扇面，我得好好想想画什么。很后悔的一件事，我少时该学画，现在学太晚了。"

二〇〇二、十、二十五

"惠寄的扇面十又一只已收到，谢谢。扇面最难画，令人不敢下笔，有一次我画了十几只，无一可看，全部撕掉，我希望若能有只画得好点的，一定奉上请指正。不过现在不敢说，有时我画上半天，只落得一堆废纸。"

二〇〇二、十一、十八

"清晏堂笺清浅朦胧可喜，纸张尤宜毛笔书写。苏州陶文瑜亦自制笺纸，图案截取桃花坞木版年画中的两个彩衣相对童子，置笺纸中部，形象小，不妨碍书写，极富装饰性。近时扬州朋友寄给我晚清扬州的八套云蓝阁诗笺，选纸用色颇相宜，同选取几张随函附上，供欣赏。好长时间未得相晤，颇念，能南来否？"

二〇〇八、十、二十二

"寄上以你所赠日本小笺书诗稿十幅。我的小字笔锋分叉，书写时甚不畅快。'非典'时期，只好凑合着用了。"

二〇〇三、五、二十二

"昨日接到惠寄之洒金笺纸三包共四种。前寄之画笺已极精美，而这次所寄似精美尤甚，我这个受益者则一个'惊喜'接连又一个'惊喜'了。因即以这次所寄之笺，写上我的旧句四首，这应算得是我的'落日楼头独语'了，聊博一粲耳。"

二〇〇九、七、六

"大著《雀巢语屑》曾提到'忆笺'一事，估计有可能落实，但主其事者的好事者不是扬州的好事者，而是真州的好事者了。昨天已来商定纸样，也许春节前可见到成品。你赠我的这本日本笺纸已用光，现在连封面纸都贴上了。"

二〇一〇、十二、十四

忆先生对笺纸情有独钟，和所有传统文化人一样到了痴迷的程度。我寄先生美笺，屡屡得到他的翰墨馈赠。二〇一一年终于有真州的雅人替忆先生制作了精美的"忆笺"，笺纸的图案出于先生自绘的花果花鸟八种。忆先生跟花笺的缘分，不妨说是他诗意生活的另一种展开。

抄读之二：书画印

"我对作画，本是游戏为主，不会有什么成果。近来想还是多写点字，再坚持十年八年，也许还能像点样，这就要看健康状况了。"

二〇〇二、十一、二十七

"今年第四季度，我还有本书由中国旅游出版社出版，书名《我便是水边那枝不肯红的花》。收文六十篇，画六十幅。这使我出乎意外，还有人注意到我的画，这是我最差劲的。"

二〇〇四、七、二十三

"我年初发病两次，近时尚好，写画小品之类尚无大碍。然对公开出版已无兴趣，究其原因，自觉几天长进，'不足为外道人也'。但也有我之所好，即喜欢印章。自己不会刻，只好麻烦别人，现在就麻烦到老兄了。印文拟为'嵯阳老民'与'红巾之后'两记。我旧老家莱阳西南岩村，村边有条小河，名'嵯阳河'；另，我是元末早期红巾军领袖之一、史称永义赵均用的二十一世孙，这是所以请刊此两印的解释。"

二〇〇七、九、七

"南京有人在网上说我是他们的签约书法家，全是胡说八道，令人气愤。"

"我忽然发现'排云一鹤'可以成为我的别号，现在就这封信开始用它。"

二〇〇八、十、二十二

"我是个不合时宜的人，人皆与时俱进，我则背时而退，退到哪里了，退到唐宋元明清。"

二〇一〇、五、四

对于忆先生的书画，我一直以为他本着诗人的立场行事，书画只是诗的延续，不过形式不同而已，思维仍是诗人的。二〇〇七年他要我为他刻两方闲章，一方是"嵯阳老民"，另一方是"红巾之后"。"嵯阳"是故乡的一条河名，大约有怀念故乡之意。而"红巾之后"则说他是元末早期红巾军领袖之一、史称永义赵均用的二十一世孙。在我看来，后一方印章总还有别的含义，不过我没追问。由于我懒散成性，这两方印章最终没有完成。我之前给忆先生刻过六七方印章，他曾说过印风和他的书画不对路，很少见他在书画上使用。

抄读之三：文学、诗与生活

"今日接到大著《雀巢语屑》，很高兴，我是一口气读完了的。书中所载人事，我多数不晓得，看来我真正是蛰居于小天地庐中的遁世者了，但这并不可怕，以后有什么弄不懂的'典故'，就向你请教好了。我还好，饭食起居皆正常。有幸居长江之尾，几乎天天吃刀鱼。虽然时过清明，刀鱼刺变硬，然其鲜美不减，且价略廉于清明前，我辈也就很满足了。又，'语屑'载徐志摩书李贺诗云云，应是李商隐诗《无题》，书重版时可更正。我的绝技亦蒙揭露，以后来讨饼吃者益多，怎招架得了。"

二〇〇一、四、二十七

"遵嘱寄上我近时所作的一篇应酬文字，有些说法应予斟酌，却也懒得修改了，因全说了一些'空话'，改也没法改的。你那本《雀巢语屑》重印了没有？羡慕你的记忆力，记得那么许多人和事。这是随笔作家所必须具备的条件。"

二〇〇二、八、十九

"时令已进入初冬，老年人对气候很敏感，我近日已很少上街，只在室内走动。其实很想外出，很想接近自然，便经常回想起早已不属于我的乡下的老家、田园，和我儿时曾坐过的芳草地与倚过的老松树根，总之失去的一切似乎都是更美好的了。"

二〇〇二、十、二十五

"惠寄之画册收到，应当先向你表示感谢。不过向后翻阅下去，竟然发现还有我二十年前初学作画时画的两幅梅花，令我不胜愧憾之至，所谓'涂鸦划蚓'之物，又是现在自己的眼中，真正是'自作孽'啊！但除此之外，我还有别的奉献给朋友吗？没有了。所以仍然只能再寄上一字一画的两枚小方。这次是'抛砖引玉'，等候着你的批评指点呢。"

二〇一〇、六、十三

"蒙赠之作《雀巢语屑》（修订本），不胜惊喜。你曾以'人书俱老'四字惠我，获得你的这本书，我也想用一句话作为回赠，就叫作'人书俱进'吧。因多年前你以初版本的《雀巢语屑》赠我时，它还只是一本薄薄的小书，而今重逢，它似乎从一个幼儿成长为一个岸然挺立的伟丈夫了，怎能不为之惊喜！要知道你这本厚重的书，却是聚沙成塔，集腋成裘，一个字一个字地写出。你搜罗了中国现当代多少文化艺术界的名士啊！读你这本书，不能不令我想起唐人那句诗：'谁知盘中餐，粒粒皆辛苦。'"

二〇一〇、十二、八

"记得前时你自制的笺纸上曾有一幅用淡墨画出的猫，并题曰：'尽护山房万卷书。'这出自放翁的一首《赠猫》绝句。全诗曰：'裹盐迎得小狸奴，尽护山房万卷书；惭愧家贫策勋薄，寒无毡坐食无鱼。'放翁并不'贫'，但好说'贫'，这该是称作'清贫'的，聊增风雅耳！但我真希望我能'清贫'到靠卖字画养家糊口的程度，但又卖不出个好价钱，真正是穷困潦倒了。但我仍能以横涂竖抹、嬉戏水墨为乐，将苦日子变成'吃苦茶'，别有一番滋味！但上帝还没赐给我这种命运，奈何奈何！"

二○一一、一、六

"又，昨夜翻读《雀巢》至'太仓才女苏醒为其夫田邃所画牵牛花之题诗，诗曰：灼灼牵牛花，开在银河畔。摇曳自多姿，织女常相伴。人花同一笑，两情何缱绻。'我初学画时，曾题牵牛花曰：'昔年邻女墙头花！'这还是日常景象，而苏诗让牵牛花扶摇直上开向银河畔织女的身边，可谓想入非非。但这是可能的，爱情的伟力如此！忆明珠再识。"

忆先生住在南京肚带营时，我是那里的常客；后来他迁居汇林绿洲，我到南京，总要过去拜访。无论是肚带营还是汇林绿洲，每次拜访的标准程序：吃一顿饭，欣赏忆先生压箱底的画，然后从里边挑一张画留念。贪心的我往往会多挑一张，忆先生总说："喜欢你就拿走。"

我们见面，他是不谈文学的。偶尔谈起画，只说自己是业余玩票的。只有一回跟我说："写意画哪是笔墨事，若胸中无意，谈何写意。"因为话说得如删繁就简的三秋树，至今难忘。

他在书信中偶尔会涉及文学与诗，但不是专门的，往往是被其他话头附带牵出来的。尽管只有片言只语，风神全出。可惜我不敏感，常常过眼如风，错过了绝好的请教机会。

忆先生做的酥油饼为圈内人盛传。曾有女同胞尝过后，绘声绘色向我描绘饼的味道，"忆饼"因此让我垂涎三尺。我是一个视听与想象不相通的人，非亲自品尝，无法有感受。我曾几次当面提出要求，都被忆先生用笑言轻轻挡过。我拥有他不少签名版诗文集以及各种题材的书画，也有幸和他同厅展览，还编造过他的"谣言"（我操持的一个展览上，简历上"提拔"他为江苏作协副主席，实则是常务理事），但以未尝过"忆饼"引为终生遗憾。

附录

二〇一六年初，我接到忆老从南京打来的电话，说他向第二故乡仪征捐了一批书画作品，政府给建一个艺术馆，希望我去仪征参加开馆仪式。忆明珠诗文艺术馆在当年春暖花开的四月中旬如期开馆。我从北京赶往仪征，在那里见到了阔别许久的忆先生。许多年不见，益发老迈，加上长途跋涉，一副倦容。我呈上事先准备好的一盒"鲁迅笺"，还请他在二〇一二年我们共同的展览图录上签名，手头没有毛笔，只好递上一支签字笔。忆先生说很久没用这种笔了，不习惯！但还是在我的请求下有点犹豫地签上了名字。我跟忆先生说："以后人家肯定说签名是假的。"他没有搭话。周围聚了不少人，都等着跟忆先生打招呼说话，我赶紧躲到一边。

第二天上午是开馆仪式，一场大雨后天突然放晴，湿润的空气让人感受到这个苏北古城特有的清新气息。老诗人的诗文艺术馆有惊无险地拉开了序幕。我目睹自称是忆先生"小兄弟"邵燕祥的发言，指出忆先生新诗的来源，还说文学是一场马拉松，忆先生是一直在跑的诗人；还有忆先生诗弟子唐晓渡声情并茂的讲述，但让我最难忘的是，忆先生在邵先生的发言时悄悄流下了眼泪，老诗人的眼泪晶亮晶亮的。

那天晚上由忆先生的干女儿陈芸大姐与仪征的两位先生陪同，一同去看了忆老在《忆真州》诗中写到的"隔河柳"。沿着河边边走边聊，夜色中的柳枝依约，河水潺湲，这里的景物和忆先生在真州时没有太大的差别。

昔日灯影桨声的河畔，现在只剩下灯影流水。我们转到紫藤花下，据说这是忆先生在仪征生活时来得最多的地方，常常是黄昏饭后。抚摸着那株有数百年岁月的紫藤，我只感受到它的盘根错节以及藤花灿然。古藤阅人多矣，见证无数诗人墨客在其下徘徊或停伫、吟哦的光景，忆先生只是其中的一个。我不知道忆先生有多少作品与这株紫藤有关，只晓得诗人离开时花光照人，如今归来，花光依然，但诗人老得步履踉跄，要人搀扶。

文学和诗是生命朝露的凝聚，照见美好，只有用心触摸，才能感受到作者心跳的脉动。就像忆先生的《忆真州》，刹那间让你记住了真州。

隔河柳与女儿红。
真州风物意念中。
二十八年蝶梦醒，
满眼吴山色青青。

难忘直州二月中，
春雨轻湿卖花声。
艳惊四座何所见，
白玉盘盛女儿红。

我记得那天踏访归来，跟仪征的朋友说，如果不来真
州，难懂忆明珠。

时间带走了光阴，无法带走被光阴刻下的诗句。

诗人化云归去，那些带着生命韧性的诗文会随时光老
去吗？

二〇一七年十二月六日

姑苏的两位书法状元：瓦翁和沙曼翁

苏州是状元之乡，从清初到晚清二五八年间，总共有一百一十四名状元，苏州出过二十六名。画家吴湖帆积二十年之功专事状元扇收集，多达七十二人。改革开放后，苏州又出了不少"书法状元"，有名的有一九七九年全国群众书法征稿评比夺冠的沙曼翁（一九一六—二〇一一）、一九八四年在文汇书法大赛获得金奖的谭以文及一九八九年在全国第四届书法篆刻展览荣登金榜的瓦翁（原名卫东晨，一九〇八—二〇〇八），他们都因书法获奖而声名鹊起，是当代姑苏艺苑的名家。

我跟苏州的书法状元有缘，和瓦翁薄有交往。闻沙曼翁之名，在他晚年曾专程到苏州拜访过一次。光阴荏苒，现在两位先生去世有好多年了，有关他们的故事似乎可以写一写了。

第一次拜访瓦翁是在一九九〇年初。

我通过友人朱永灵的关系，在回浙江家乡的途中，由苏州下车，一个黄昏，在人民路的乐桥堍敲开了瓦翁的家门。瓦翁开门，探出半个头，见是陌生人，用吴侬细语问："找啥人？"我报出友人和自己的姓名，瓦翁把我让进了屋，在不大的客厅坐下来，一杯清茶。壁上挂着上海画家程十发、台北作家三毛写给他的信，还有一些明清人的手札。交谈就顺着壁间那些珍贵的书信展开……瓦翁因此留给我一个老派、儒雅的苏州人的印象。

每每听到这位姑苏文艺界人瑞的种种传闻，总想和他再见一面，验证从朋友那里获得的和他有关的一切。比如他的阅读习惯，他永远不落伍的脑子，表达无碍的口才，碰到年轻人依然爱说要跟年轻人交朋友的长者风范。在他身上看不出明显的年龄界限，也喜欢看他斯文的衣着与装扮。对外人来说，瓦翁简直就是一棵魅力无穷的常青树。

十多年后，二〇〇五年元旦上午，我又一次拜访瓦翁。这是苏州入冬以来最寒冷的一天。我按瓦翁事先在电话里交代我的地址找过去。小巷深处，北风呼啸。瓦翁闻声出来，开门的刹那，迎接我的是一张矜持的笑脸，一声"小唐"，把我拉回到十余年前与他初见时的情景。不过这回开门后，他直接拉我进门，里面的空调送着暖风，温暖如春。

瓦翁已经九十五岁，这是他儿子的家。宽大的客厅，显得气派，一张大书桌横放在客厅的一角，背面是一排书架，林林总总摆满了书，书案上疏疏落落放着些文玩、书信，书案上还有一盆小菖蒲和一只插着玫瑰的花瓶，与书案相对的那面墙挂着一副水印郭沫若手书对联"飞雪迎春到，风雨送春归"，对联上年头了，我一眼差点认作真迹。

客厅北墙挂着一个玻璃镜框，里面嵌着陆俨少用隶书题写的"瓦翁印痕"。这是一个收拾得干干净净的书斋。由书斋让人想到同样收拾得一丝不苟的瓦翁，深深浸着都市老派文化人的文明和儒雅。书斋的空间和客厅相连，室内的开间和陈设，看出屋主人的趣味和偏好，是一个充满书香情调的人家。

瓦翁的精神好得出奇，落座、泡茶、吴侬细语。

承他提醒，在许多年前，我们曾在南京的金陵饭店见过一面。我于是记起了当年的场景：瓦翁风尘仆仆坐了三个小时的汽车从苏州赶到南京，下车后居然毫无倦意出现在同一张饭桌上，谈笑风生，同桌还有苏州国画家张继馨，张先生虽小他二十岁，精神略逊于瓦翁，为此我们都称瓦翁为老神仙。我听人说，这在瓦翁是家常便饭的事。瓦翁跟我谈苏州的文艺界，谈苏州艺坛的老前辈。他感慨，现在苏州的老辈比不上从前了，健在的，也不大出门了。沙曼翁身体不好，走出去常常迷路，吴羖木八十五岁，身体还好，在家里挥毫不止……老年清娱，言语无非养生。

瓦翁谈话的内容时常超出我的知识范围，这个时候，我的思维像瞬间遭遇停电，眼前一片空白，好在老人家总是及时调整话头，让我好从短暂的困顿中回过神来。瓦翁告诉我至今还在看西方美学、哲学。以九十五高龄尚能力疾读书，即便如陶渊明自称读书不求甚解，也值得敬佩。更钦服他的思路、口才，不必假思索，即能滔滔如大河，直倾千里。听其清言妙语，突然感悟到姑苏文化的绵力，真是后劲无穷。已故台北作家三毛说瓦翁是"苏州美人"，以我的感受，倒是想说"苏州有了瓦翁，唉，让人体验到苏州带给我们温润的人文之美"。

瓦翁的精彩，不只是高年而神明不衰，也不是到了晚年还能执笔写工谨的小楷，更不是面对各种场面的妙语连珠，瓦翁身上透着老苏州十足的韵致，儒雅，还浸润着诗画文章的精美。

如今，有关他的那些段子还在苏州坊间盛传不衰。

晚年瓦翁在自用的策杖上，自铭四字：大力支持。白话文，谁都看得明白，却含无穷意味。有人说，瓦翁拥有此杖，却从未见他用过。

他还不止一次跟年轻朋友说过，他在家里订两种报纸：《人民日报》《文艺报》。并说《文艺报》是文艺家们的党报。

我自己遇到过一回。

一次瓦翁在某个热闹场合，好多人围过来问长嘘短，瓦翁和他们聊得热络。后来我们坐在一张饭桌上吃饭，席间，我跟他说：卫老，您的记忆力真好！居然都记得他们的名字。瓦翁的回答：也不是。不过有忘记的，先跟他们寒暄，然后问他们最近还在原单位还是换单位了？电话号码还是那个？对方一般就把新名片递过来。

瓦翁的生活技巧充满了智慧，还包含了他对社会体贴入微的观察。这一点，你不服不行。文艺家岂止只能写写画画，生活在那个时代里，更贴近那个时代，还有一双善于洞悉世道人心的慧眼，连同一颗敏感得不能再敏感的心。

　　和瓦翁比起来，沙曼翁是另一类风格的人，木讷，却善于内省和思考。如果说苏州有正宗的书家和印人，沙曼翁是毫无愧色的一家，放眼当代，他成就也配得上书家的称号。

　　沙曼翁是我一直以来特别想见的人，经苏州友人疏通，我在二〇〇七年秋天的某个晚上与沙先生匆匆见了一面。

　　那时的沙曼翁患上轻度老年痴呆症，已无法和一个陌生人做正常的交流。矮小的沙曼翁，完全没有他笔下书法的气象。原先预备临场请教的问题，现场的气氛根本不允许提出来。即使我有冲动，也不忍心再开口。见面后都是沙曼翁重复问我同样的问题，有些话要重复回答。尽管来之前已知道情况，没想到现实比预料的更严峻，真有点怅然若失。

　　我提出来看看沙曼翁的斗室，他的家人带我看了一眼。那个在书法界名气很大的"听蕉馆"，实际上只是一个自己搭出来的"披"。晚年沙曼翁病魔在身，书斋又改名为"除难之庐"，寓意被除灾难。看着沙曼翁这间人间过路式的"听蕉馆"，心里有点辛酸，内心反复叩问：许多作品就是从这里走出来的?!

　　拜访就这样结束。虽然不满足，毕竟了却心愿，和沙先生见了面，而且总算有了交流，尽管只是单向的问答。

　　沙曼翁本人只是一个小学教师，他凭借一九七九年上海《书法》杂志举办的一场书法比赛才名扬艺坛，本是印人，却以书法夺魁闻名。林散之当时对沙曼翁青睐有加，曾邀请他到南京家里住了一周，还亲自写信推荐沙到江苏美术馆办展览，尽见惺惺相惜之意。林散之曾赋诗相赠：
能从汉简惊时辈，文习殳书傲俗儒；左旋右抽今古字，纵
横篆出太平符。从中看出林散之对沙曼翁的激赏。

在苏州老一辈书家群中，费新我、谢孝思、张辛稼、
吴䍧木等都是画家出身的书家，想象空间大；瓦翁是以游
艺的心态做书法，文心为艺；吴进贤、祝嘉、宋季丁以学
攻书，各有路向，独有沙曼翁是印人出身的书家，工于篆
隶，又具金石豪情。他对于艺术的追求，近乎苛刻，标准
可谓高矣，自己也是身体力行去做实践。

我看到过沙曼翁一九八四年写的一则印跋，就表达了
他对艺术的看法：

学篆刻当以秦玺印为正宗。秦汉以下则不可学，亦不
必学也。盖自汉以后文字之学与夫篆刻艺术渐趋衰落。降
及明代，虽出文何，另辟蹊径，创为吴门印派，但其篆体
篆艺则取法唐李易凝元赵吴兴，失之秦汉规模，格调低
下，趋时媚俗，去古益远矣。余童年学篆刻，初不明正
宗，先以学书籀篆。识籀篆始，复读秦汉印集，心追手
摹，略有长进，因知篆刻者必能书，而能书者未必能学篆
刻也。从事篆刻创作凡能善于安排章法者，乃得佳制。凡
六书之学不明，章法乖误，遂成俗品。是以学书者当于书
外求书，学篆印者当于印外求印，易言之，即须读书求学
问，立品德，重修养，自能入正道，除俗气，于艺事大有
裨益矣。此卷诸印皆近二十年来旧作。曲辰先生索余钤
拓，由魏穆之弟为之，阅竟记数语归之。甲子冬月曼翁时
七十。

讲的是篆刻，其实岂独是篆刻，书法何尝不是如此。

一九九四年，沙曼翁在致函浙江一位印人时，又申述同样的观点："篆刻艺术以浅人看来似乎容易，实质与书法、绘画同样难于精到。一般俗工以刀碰石，毫无境界，何足以论？书画印三者必须读书，书能明理、明法、明做人之道。"

我们大致可以看出沙曼翁的艺术立场，为艺须先读书明理，这和前人所本"先器识而后文艺"的主张是一致的。

瓦翁和沙曼翁两位殊途同归的书法状元，晚年都以一技之长，进入江苏省文史馆，成为一省"翰林院"的宿耆。

二〇一七年七月十四日，于北京仰山楼

烟雨簑里一匋翁

——记许明农先生

许明农先生以九十高龄于嘉兴去世。事先我一点都不知道，最近看到上海新出版的《书与画》杂志一九九八年第一期，登有许的《陶印之我见》一文，作者姓名加了黑框，这才知道许先生过世了。联想起往年年前他给我寄贺卡的习惯，方才若有所悟，要是许先生还在，今年是不会收不到他的贺卡的。

许明农其人是八十年代初听说的。我的画学老师沈红茶先生当时还健在。随他学画，名义上每周去他家两次，拿一些画去，都是简简单单地看过后，就是听沈先生谈天。有人说，老年人的记忆是回忆的世界，一点不错，跟老人们的接触，感觉就是这样的。有一次，沈先生从古文字画谈起张凤先生，这位前清的秀才后来的巴黎大学文学博士精于古文字。沈和他是忘年交。曾向他讨教古文字，沈在抗战颠沛流离的环境中创研古文字画，为中国画坛增添了一个新品种。张凤善于以甲骨文字治印，沈的自用印，就有出于他之手的。许明农是张的学生。他听说沈先生藏有乃师的印章，曾专门坐车来海宁，寻访他老师的遗迹。

许明农那时迷恋于瓜蒂印和黑陶印。前者是用晒干的瓜蒂柄刻印，明清江浙一带的文人似乎消遣过这种带有田园气息的玩意，但瓜蒂柄毕竟不能和木质的或金属的印材相比，文献记载中虽存其名，可是留下来的实物却相当稀少。后者用泥巴捏成印坯，再入窑烧制。许治瓜蒂印，意在追踪先贤的遗绪，仿佛并不闻名，倒是他的黑陶印后来名噪一时，许因此也名扬江南。其黑陶印先后在浙江、上海两大博物馆展出。"浙博"在展厅里列专柜陈列，"上博"还收藏过他的十枚黑陶吉语印，这在当时的印坛是绝无仅有的殊荣。名人如刘海粟、王蘧常、钱君匋都为他的黑陶印作过品题。黑陶印和它的作者更是一时传媒报道的热点，黑陶差不多成了许明农的一个艺术符号，江南就有"许黑陶"的美誉。

我结识许明农先生是在十多年后。由友人章耀提供我的地址，许写信和我联系。时许正在研究陶印的历史。我所在的《文物》杂志每年都要发表数量不少的考古新发现材料。许向我求助，要我替他寻找新发现中有关陶印的资料。此前他撰写过陶印史的论文。刊登在浙江的《西泠艺报》上，我曾收到过他的赠报。论文大致的意见是从说文中"玺"字的写法展开，结合实物考证印章的发源。许认为古文字中"坏"的写法，有从"土"，由此他断定陶印是印章的发源。文章的大意如此。我更感兴趣的是许先生对陶印的双管齐下，做陶印的同时，穷追不舍地究诘它的本源及在历史中的地位。我发觉许先生走的路数委实很传统。"必也正乎其名"，正名以后印的存在似乎也就顺理成章了。可能是稍稍读懂了许做陶印史研究的题外意旨吧，不觉会心一笑，感叹许明农先生真是当世印坛有心有道的高人。

与他结识的第二年，曾去嘉兴他的寓所拜访过他。八十多岁的老人，步履轻盈，经常会客访友，在本地艺术界亦算得上是高龄活跃分子。我去他家，碰巧他拎着老式公文包刚刚从外面回来，说是参加鸳湖诗社雅集。我们没见过面，好似有夙缘。他请我上他的书房——烟雨簃坐坐。书房在二楼。匾额是钱君匋写的，是钱那种常见的汉简体式，写得很恣肆，放在屋小如舟的书房觉得特别显眼。壁间张挂的字画，记得深的，只一件。是以前见过的登在《浙江日报》上的刘海粟题字：古穆。很让我意外，这两个字很小，写在巴掌大的纸片上。

许先生退休前的职业是中医。黑陶印是他"文革"后才开始做的，慢慢摸索，不断积累经验，最后成了。那天许先生谈了陶印及古代陶片上的刻符。我只恭坐一旁，一边晒太阳，一边听他用嘉兴土话缓缓叙述。案头上散置着几粒黑陶印，我捡起其中的一枚欣赏，上面刻有文字，抚摸印面，仔细审视，刻着"公而忘私"四字。许先生说：这个内容现在不时髦了，现在要刻的话，应该"公私兼顾"。他的这句话，把我逗乐了。看我反复看那颗黑陶印，他不知从哪儿又抓出几颗，都是带纽的，仿魏晋时期的高座子。纽的四边密密麻麻刻满了字。许先生问我是否喜欢，我答：印苑中难得的品种。他高兴了，说这都是学生们的作品，很粗的东西，你要欢喜，留下吧。长者有赐，却之不恭，也就从命了。稍后他又拿出一张宣纸，上面影拓了一件青铜器的器面。这种晚清出现的拓法，后来的玩家们多请画家在器物上补些花草，成为晚清民初绘画中很特殊的一支——古彝画。吴昌硕、黄牧甫都有这样的作品留下来。许先生说阁下是学画的，这一张还请添补几笔。我既得了长者的赐予，长者的请求，似更不宜拒绝了。但很遗憾，这件东西带回北京后，在一次搬迁中失去了。

许先生在艺坛是个晚成者。他的晚成，得力于他的身体。他晚年精神健旺，有余力去从事艺术。他的涉猎面很广，书、诗、印、医、收藏，尤以印艺一道用力最多。古稀以后，孜孜不倦研求黑陶印艺，精诚所至，金石为开，心血最终换来一艺之成。时下印坛多领新印风的名家，论及材料的发掘，许明农先生恐怕是新时期的屈指可数的先驱人物，因为像他那样有意识地去做印章材料的探索，在那个时代，好像还没有第二个人。

一九九八年三月

孙正和先生二三事

　　孙正和先生一九九〇年去世之时，他的学生孟祥辉君曾写信给我，希望我写点文章。当时，还在美院上学的我除正常的专业课，还兼听各种名目的讲座，看电影，侃大山，看不三不四的闲书，时间排得满满的，哪有时间写东西；另一个原因，乍听到孙正和去世的消息，脑子反应不过来，依我前些年跟他接触的印象，这事的发生太突然了。何况，在我得知孙先生噩耗的同时，还在《书法报》上看到孟祥辉的文章，很感动，一是感叹孟的古风；二是为英年早逝的孙先生感到庆幸：孟是他生命行程中所收的最后一个弟子，在世风日下的当今，孟的行为让我感到传统精神的力量。现在，我写下的这篇短文，一算是我对孙先生的纪念；二也算践孟君之约，兼答他的一片拳拳之心。

　　我和孙正和，查最早的通信，是在一九八五年，起先是我先给他写信，请教楷印的问题，不久，他复信，我们的交往就算开始了。那时，我正患"篆刻狂热症"。这中间除了请教问题，间或也寄一点拙作给他，请他批评指教。他复信，但对我的习作只字不提。初起以为他临写信时事多，忘了；寄了几回，结果一样，才感到另有原委。于是，紧着去信，仍不作答。猜测他有难处，就知趣地不再提此事。就这样，没见面，靠着书信的频繁往来，彼此成了神交。一九八六年，他的个人书展在新昌举办，承他见爱，发请柬邀请前往参观。我所在的工厂当时不景气，没活，放假，时间有的是，但我未老心先衰，怕走动，写信辞谢。事后，他来信说，书展办得颇为成功，因有这样的开头，信心十足，计划下一年到全国各地去办巡回展。下一个目标就是杭州，并约我到时一定去看他的书展。次年，他的书展果然在杭州展出了，我不好再找借口，随即去了杭州。展览上第一次见到他的仪容：瘦，戴眼镜，头上有白发，笑起来很明媚。一群记者围着他采访，他站在自己的作品前做介绍，满面春风。我不便打扰，独自看展览，等那些人散去，才走过去，跟他打招呼。他说：我接触人太多，面熟，但一时想不起你的名字。我笑了，自报家门：某某。他愕然，继而马上反应过来，重复我的名字，你就是某某。点头。孙说：我跟你通了那么长时间的信，一直以为你是个中年人，原来你那么年轻！意外。回新昌后，他给我写了一封信，总而言之，展览是成功的，也欠了一屁股债，所以回新昌后，一连几天闷头在家写字。就是这一封信，还告诉在原来的一些社会职务之外，又增了几个虚衔，孙先生天生热情人，别人赠他虚衔，明知是权宜之计，偏偏不忍拒绝，结果呢，接受虚衔的同时，莫名其妙地欠下了一笔字债。我为他抱屈，他只"奈何"了一下，继续干他的事情去了。以后，陆续通信，前面说起的那桩他不肯对拙作置一词的事，原因也明了了。原来，我用"半文不白"的二毛子语气写的信，让这位复旦毕业的高才生误以为我是中年人，考虑到这一点，他一直回避评我印。读罢信，孙的厚道豁然而见。

一九八六年，也就是我和孙见面以后，给他去一信，表示想跟他学楷印，他回信表示同意。此信是用毛笔写的，字体瘦俊（多少有点像他人），即他自视很高的竹简行书。以前与我通信一直以"同志"相称，这回称"学弟"，其中还有"名师易得，高徒难觅"之句，我看了心一惊，怎敢领受。我的脾气，愿意和人做朋友，但不喜乱喊"吾师"之类。当然，他的一片好意我内心还是感激的。回信时，我的语气照旧，孙大概看出苗头，接下来通信，又恢复了"同志"的待遇。我向来不在乎先生、同志之类的称呼，所以从"学弟"退到"同志"，我安然若素。孙依旧跟我通信，我有疑难向他请教，仍一如既往尽心解答。

跟孙正和交往那么多年，还有一件事印象很深，忘不了。时间大约也是一九八六年，他在新昌办书展，事前有函来，要我写或画一幅祝贺，他一个书画界的名流，看得起我这个无名小卒自然是受宠若惊的感觉。我遵命画了一幅竹石图寄去，上面请嘉禾的老词人江蔚云先生题眉。江丈的句、字使拙画增辉生色，大放光彩。孙接到后，致我一函，谓当今还有这样写章草的高手，感慨不已。嗣后，又打听江丈的下落，执意要我牵线拜江丈为师。江老本是个散人，他也没有收徒的习好。孙通过我得到江老的地址，又亲自写信给江老，往复几次，江老还是未答应，孙很是失望。他在信中好几次谈起此事，抱憾不已，云此生失去了一次再学习的机会。态度之诚恳，绝对出于衷心。这事，后来是过去了，但给我的震动不小，发觉无论是做教师的孙，还是作书家的孙，他骨子里总保持着一个文化人的本色，有很纯正的一面。

　　孙正和谢世已经有好多年了。现在的书坛跟以前相比，有了不小的变化，一批批旧人走了，又来了一批批新人，只是热闹依旧。我是个怀旧主义者，每在这种时候，便愈加怀念起匆匆弃世的孙正和先生来了。

　　　　　　　　　　　　　　　二○○四年四月十四日

龚翁弟子单晓天

前不久，接到嘉禾江蔚云先生的信。八十多岁的老人，精神还那么好，用毛笔写字，饱满老健。一手正宗的章草，看得实在让人赞叹不已。读完信，移目右下角，那里押着一方朱文条印"吾与梅沙弥同乡"。这方印，听江老说起过，出于单晓天之手，凝视着这方朱砂印迹，想起了印人单晓天。

我与单晓天没有见面，但他的名字，二十多年前我就知道。七十年代初，我上小学，学校每周有一堂大字课，先描红，后临帖。临帖的那个阶段，老师让自己找帖子。家里原有几种行楷帖，拿了一种临摹，效果不好，便怀疑帖子有问题。父亲平时从不过问我的学业。我问他，他说："你自己上书店买吧。"那时的书店，书少得可怜，字帖更少。架上摆着的有数几种，都是上海东方红书画社的出版物，革命的内容，有雷锋日记、鲁迅诗抄，还有就是毛主席语录。我对字帖的好坏缺乏判断力，左顾右盼，以本能找到一本隶书书帖，学曹全的，间架匀称，书写流美，一眼就相中。这是我平生买的第一本字帖，因此也记下了这本帖子的作者——单晓天。

二十世纪八十年代中期，我对篆刻发生兴趣，随后得到杭州余正先生的函授。开始接触刀石。一时间刻了磨，磨了刻，陶醉于刀石的霍霍声里。约莫一年多，照业师的话说，印章刻得稍微有点模样了，中间还有习作发表。有人开始拿着印石求刻。我那时年纪轻，胆子大，而且出手快，颇受周围朋友的欢迎。中间还有一位老先生，几次从外地托人捎印石让我刻印，他是浙北有名的老书家。他的赏识，心里乐滋滋的，手下不免放脱，居然刻得比平时还见神采。刻完，托人带过去，老先生居然说好。除了以法书相赠，还主动提出来，把我的印拓寄给他一位多年的老朋友看看。这位篆刻家，就是我十多年前买过字帖的作者单晓天。

单晓天是上海的名印人，每逢过节或重大活动，报刊上常见到他发表的应景之作。能得到他的指导，自是求之不得的好事。那位老先生讲过后，很长时间没有音讯。这期间，我私心做过各种揣测，比如单先生脾气古怪，对年轻人的东西不屑一顾？或是平日活动太多，根本顾不上？又隔了一段时间，差不多忘了这事，却突然收到老先生的来信，说单已回信，而且还给我写了一条字。等把单先生的原信、字转到手中，一看，单对拙作的印象还不错，至少不反感。提的意见虽然不具体，寥寥数语也以鼓励为主，总算盼到了回音，于是心下大喜。单先生在信中有"成绩很佳，望继续学习汉印""万望勿轻易转移方向"等语。那张字是隶书，内容"不积小流，何以成江海"，写在熟宣上，意致与书信相同，意在勖勉晚辈重视传统学习。那位老先生觉得介绍过去的年轻人，得到这样的评价，单又主动赠字，来了兴致，觉得余勇可贾，要我再准备一些习作，等有机会再寄。哪里知道未等我刻出更像样的作品，下一年单先生就在上海下世了。

单去世后，我曾到那位老先生家里，谈起单，他神情黯然。对于单，我虽心存敬意，接触毕竟太间接，感触自然不深。就是这一次，此老拿出一些信札，是单晚年写给他的。文字大抵很简率，三言两语，多用钢笔，行笔婉弱流便。还有用塑料软笔写的，字的线条显得硬直。揣摩信的内容、语气，单晚年体弱多病，事情又特别多。其中一封信述及搬迁房子，过渡时期住在简易棚里，苦不堪言，而盛名之下的单似乎又有许多推不掉的应酬，这使他常感力难从心。连老朋友请他刻印也因心情不佳一拖再拖。

按单的师承关系，他是邓散木的单传弟子。书法是学白蕉的，诗则宗南社的沈禹钟，还跟唐云学画兰。但是从印风看，虽然他学粪翁，却比粪翁要雅驯。粪翁的印刻意要表现他过人的臂力，而单则是弃霸悍而求韵致。自然，单的印章雅是雅了，大概因此也少了乃师的典重之质。所谓有得必有失，单于粪翁，或许就可以这样看的。

前些年，我以"南乡子"的笔名给报纸写掌故，其中有一则谈到过单晓天的名字。那是有一年夏天，江蔚云先生托我把一柄扇子交给蒋孝游先生，请他作画。扇子的一面是单晓天的字。我把扇子送到蒋宅，蒋丈看了半天，很感慨，对我说："这个扇面我是要画的，解放前我们在上海的'孝'字辈还联手办过展览。"蒋丈是我的同乡前辈，郑午昌的大弟子，早年在上海求艺，他无意中的一句话，泄露了一个秘密，单早年的名字叫"孝天"。是不是当时叫"孝天"的太多了，怕混同才改成同音的"晓天"？我不知道。但有一点，"晓天"原来是"孝天"。

单的成名大概很早，新中国成立前就有名气了。五六十年代是他创作的全盛期，和方去疾、吴朴合作过多部印谱，在上海印坛着实领过一段时间的风骚。但是人事有代谢，到八十年代中期他的"风头"渐渐也散了。

一九九六年三月六日

望江国渺何处

——纪怀江蔚云先生

二十世纪八十年代初期，我踏入艺坛，有幸结识浙北诸多前辈，如沈红茶、江蔚云、张振维、蒋孝游、许明农、任小田等先生，其中和沈红茶先生有师生之缘，与江、蒋两先生常相往还，无师生名分，感情更胜于师生。每想起这些前辈的化雨春风，内心充满了感激和敬意。

在这些老先生中，我对江蔚云先生怀有特殊的感情。从一九八三年初相识，一直到二○○○年他去世，我们的交往持续十五六年，通过近百封书信。我艺途的重要关节点，似乎都和江先生有关。我在海宁的第一个个展，由蒋孝游先生写序，江先生题诗相勉。八十年代我热衷于篆刻，常以印章求教，由于我习篆非从《说文》入手，篆书常常不合规范，江先生每回耐心为我改正，又将我的习作寄给他的老朋友单晓天先生，以求进一步深造。后来单先生回信大加鼓励，不仅如此，还写字相赠。江先生劝我习

艺间歇再学点诗词，并将自用的《诗韵》移赠予我，一个
时间段内经常为我圈改习作。我八十年代创作的好作品，
几乎都有江先生的品题。可以说我成长的印迹，留下了江
先生辛勤的汗水。三十年来我跋涉获得的些许进步，其中
就有江先生的劳绩。追忆昔年从游经历，老人家的提点教
诲之恩，永永难忘。

　　我还记得一九八七年，江蔚云先生应某报画刊之约，
写过一个简略的小传给我。小传是这样写的：江蔚云，原
名灿，号印舸，别署怀云、晚耘，浙江嘉善县人。尝读书
于上海正风文学院，卒业时从义宁陈方恪游，工倚声。性
豪爽，兼善四体书，颇自惜重，中年时值丧乱，闭门挥
洒，艺事益精。喜交南北诸名流，书牍往还无虚日，富收
藏。著有《阳波阁长短句》《苹吹五种》及《嘉善词编》
等书。这份小传值得注意的几个关键词，可以看到江先生
自承的几个文化身份：词人、书家和收藏家，而他与当时
京沪文化界名流的广泛交游更令人瞩目。

　　关于江先生的诗词之才，我在八十年代中期的一次笔
会上有过领教。当时嘉兴市书协召集一市五县的老先生汇
集海宁，出席者是当时浙北书坛的精英，尤其是几个老先
生，笔墨文才双美。某晚的笔会，嘉兴市书协主席张振维
先生酒后挥舞那支鸡毫笔，一口气连书十来副对子，内容
副副不同。张先生搁笔，请江先生即席吟诗，张先生话音
才落，江先生就徐徐吟来：偶值清和节，交欢少长间。墨
香同践约，挥翰在双山。随即以龙飞凤舞的章草写出，旁
观者报以掌声。据我所知，黄宾虹先生晚年曾请江先生代
笔作过诗词，现存宾老致江先生的信，就以"吟绥"结

尾；篆刻家方介堪八十寿辰，特意从永嘉驰函向江先生索贺词，那份朱砂印原件至今仍保留在我手中。至于江先生和海内前辈同道诗词唱和的无数珠玉，由艺术市场的波推时有呈现。江先生晚年所出油印本《阳波阁诗词》，内中记录更多他作为诗词家的萍踪。

江蔚云先生的书法，生前即享有"浙北章草第一人"之称，在区域书法史中占有重要的地位。我曾向他老人家请教过，他说自己的书法观受到王西神的影响。按书法史中的分类，他应该属于书学上的"溯源派"，即从《说文》入手，书法实践则从篆隶开始，由源及流，一生用力极深。江先生虽以章草盛名，但筑基在秦汉，善在篆隶上发力。我在他书斋里看到过高尺许的习字纸，就是他的篆书日课。他跟我说要章草写得好，篆隶功底要厚。江先生在小传中轻描淡写的一句"工四体书"，外人不知道他花了多少临池之功才夯实了醇厚的章草根柢。当年浙东才子孙正和一见江先生的章草，五体投地，并把江先生的章草与同出嘉禾的王蘧常先生并称为"当代章草两大家"。我以为孙先生不唯俗名，以书法水平而论得出的结论是有见地的。事实上，不光是孙正和，后来我遇到的事实也旁证孙先生的判断。九十年代中期，我持有江先生题跋的拙作《双鱼图》请故宫的朱家溍先生题跋，朱先生并不知道江先生其人，看到江跋，问情况，听完介绍，朱先生对江跋凝视久久，说"字文都好，江南有人呵"。这位江老的同时代人、当世的大鉴定家、本人也工书画的故宫资深研究员发出这样的感慨，足见江先生的分量。由此我想起张振维先生生前写赠江先生的一副对联：怀抱光风霁月，云山冲淡谦和。虽是写人语，无妨看成是江先生人品艺品的写真。

江蔚云先生的交游和他的诗词、书法同样值得重视，不仅因为这种交游依托于诗翰，也应视作是同气相求艺术交流。江先生小传中所说"喜交南北诸名流"，我揣测其语意，也得益于这样的交流。九十年代中期江先生整理出一些怀人诗寄给我，由我做简单的注释后，交由《书法导报》发表。这一组怀人诗提到王西神、罗复堪、童大年、张伯驹、沈尹默、方介堪、单晓天、韩登安，是他交往较多的师友。其中钱锺书舅舅王西神是江先生的老师，童大年给江先生刻过印章，罗复堪、张伯驹、沈尹默有过诗词唱和。张伯驹还撰联写赠江先生，联语：印多博古能成癖，舸小随波不载愁。江先生的"阳波阁"题额也出于张之手。方介堪晚年书江先生父执柳亚子集联"一代风怀王伯谷，千秋金石赵明诚"相赠。单晓天是江先生的同门师兄弟，同师于沈禹钟，江先生的自用印多出其手。与韩登安的交往亦多，韩先生曾给江刻过不下二十方印章，并赠以自绘墨梅扇，可惜结缘金石的韩江两人终生未有一面之缘。在江先生的交游名单上，当然不止这些人物，以我知道的材料，还有萧劳、潘主兰、郑逸梅、谭建丞、任小田等。与这些艺坛文林名流们的交往，构成了江先生艺文、诗文人生堪称完美的篇章，而其中的内涵和细节有待后来者做更深的打捞和钩沉。作为传统文化人，多方位的交游无疑是江先生生平最饶有兴味的一笔，既得民国文脉的神韵，又借助这种方式在更大的时空里传递嘉善的乡土文化精神。

至于江蔚云先生聚一生精力获得的收藏家身份，无待我细说。大家都知道，江先生生前编有过手的藏品目录，这份详细丰赡的收藏清单凝聚着他一生的心血。我觉得在观察江先生的收藏时，似乎应该和他的诗词艺术联动起来看，他的收藏绝不止于收藏，有参与命题的乐趣，有品鉴而得精神上的愉悦，更是其审美情趣的外溢。这一点和他的诗词、书法的格调是一致的。

江蔚云先生去世十五年后，故乡嘉善有感于他在地方文化史上的贡献，着手开始整理他的诗文、书画作品集，出版纪念文集。尽管我早就有预感，但真的等到这一天，还是有点感慨。公道自在人心，历史从来不会亏待为文学艺术真正献身的人。江先生就是一个例子。我把嘉善纪念江先生的百年诞辰，视作嘉善展开本土文化名人研究的一个重要启程。在我看来，这位二十世纪后期的浙北文化名人，实在是值得花大力气做研究的，不仅因为他的交游贯穿民国及新中国，而且还涉及收藏、古体诗词、书画多个领域，并多有造诣。我相信江先生留下来的文化遗产，随着时间的流逝会深度融入历史，成为嘉善以及浙北乃至江南文化的一部分。

嘉善是我母亲的故乡，我在青少年时频繁往来于海宁、嘉善和西塘之间。我因为母亲这层关系和嘉善有生前之缘，其后又带出了我和江先生忘年情缘。现在嘉善要出版江先生的纪念文集，要我这个和他有过不短时间交往的晚辈来写序言，我之所以应承下来，缘于我长期受惠于江先生，在接触过程中了解一些他的情况，我也希望有机会把我知道的江先生写出来与大家分享，感谢嘉善的朋友们给我这个机会。

江先生晚年有一次写信给我，郑重其事对我说：吟舫之"舫"字不可废，时时用之，可对"舸"字。原来，我和江先生都是水上人家。但他把书斋取名为"阳波阁"（亦即"扬波阁"，沈禹钟引庄子为释，显为避其用意太直白，故转用庄子典）固然有匹配"印舸"之意，细心玩味，更知其志趣不凡。我还记得他曾要孙正和刻闲章，印文是"聊遣兴耳安用传"。是的，余事作书人，他的这种心态培植了艺术的纯粹，我们该向这位内心安闲的前辈致敬！书画诗词之外，还给我们留下了一个儒者的卓然风范。

一舸载艺，扬波江南。

二〇一四年五月四日

策 划

宁孜勤

主 编

董宁文

第
一
辑

开卷闲话六编	子　聪
我的歌台文坛	宋　词
纸醉书迷	张国功
书林物语	沈　津
条畅小集	严晓星
书虫日记二集	彭国梁
劫后书忆	躲　斋
寻我旧梦	鲲　西

第
二
辑

开卷闲话七编	子　聪
邃谷序评	来新夏
难忘王府井	姜德明
楮柿楼杂稿	扬之水
开卷有缘	桑　农
书虫日记三集	彭国梁
书虫日记四集	彭国梁
笔记	沈胜衣
我来晴好	范笑我
听雪集	许宏泉
旧书的底蕴	韦　泱
旧书陈香	徐　雁

第三辑

开卷闲话八编	子 聪
一些书一些人	子 张
左右左	锺叔河
西窗看花漫笔	李文俊
待漏轩文存	吴奔星
自画像	陈子善
文人	周立民
我之所思	刘绪源
温暖的书缘	徐 鲁
书缘深深深几许	毛乐耕

第四辑

开卷闲话九编	子 聪
文坛逸话	石 湾
渊研楼杂忆	汤炳正
转益多师	陈尚君
退密文存	周退密
回忆中的师友群像	钱伯城
旧日文事	龚明德

第五辑

开卷闲话十编	子 聪
白与黄	张叹凤
拙斋书话	高克勤
雨脚集	止 庵
北京往日抄	谢其章
文人影	谭宗远
云影	吴钧陶
怀土小集	王稼句

第六辑

人在字里行间	子 张
书话点将录	王成玉
人生不满百	
——朱健九十自述	朱 健
	肖 欣
百札馆闲记	张瑞田
夜航船上	徐 鲁
近楼书话	彭国梁

第七辑

闲话开卷　　｜子　聪

木桃集　　　｜朱航满

百札馆三记　｜张瑞田

文人感旧录　｜眉　睫

新月故人　　｜唐吟方

三柳书屋谭往｜顾村言

图书在版编目(CIP)数据

新月故人 / 唐吟方著.—上海：文汇出版社，
2018.8
（开卷书坊 / 董宁文主编.第七辑）
ISBN 978 - 7 - 5496 - 2663 - 2

Ⅰ.①新… Ⅱ.①唐… Ⅲ.①随笔—作品集—中国—
当代 Ⅳ.I267.1

中国版本图书馆 CIP 数据核字(2018)第 138823 号

新月故人

策　　划 /	宁孜勤
主　　编 /	董宁文
书名题签 /	刘　涛
篆　　刻 /	韩大星

作　　者 /	唐吟方
特约审读 /	卢润祥
责任编辑 /	鲍广丽
封面装帧 /	观止堂＿未泯

出版发行 / **文汇**出版社
　　　　　　上海市威海路 755 号
　　　　　　（邮政编码 200041）
经　　销 / 全国新华书店
排　　版 / 南京展望文化发展有限公司
印刷装订 / 上海天地海设计印刷有限公司
版　　次 / 2018 年 8 月第 1 版
印　　次 / 2018 年 8 月第 1 次印刷
开　　本 / 889×1194　1/32
字　　数 / 189 千字
印　　张 / 9.5

ISBN 978 - 7 - 5496 - 2663 - 2
定　　价 / 45.00 元